ひかげ旅館へいらっしゃい

加藤元

Kato Gen

早川書房

ひかげ旅館へいらっしゃい

装画・本文イラスト／オカヤイヅミ
装幀／ハヤカワ・デザイン

第一話

花の間

序章・朝

風が吹いた。

眼を開ける。薄明りの中に、馴染みのない板張りの天井が見えた。

（どこだ、ここは？）

有村なるみは、眠りから覚めきらない頭で、記憶の糸をたぐり寄せてみた。

ごとん。するする。ばたん。同じ屋根の下で物音がしている。それで眼が覚めたのだろうか。

（それにしても、わたしはいったい、どうしてここにいるんだっけ？）

がたん、しゃあああ、かちゃかちゃ、ごとん。あれはどうやら台所で立ち働く気配のようだ。

（台所、……どこの？）

（働くって、誰が？）

自問を繰り返すうち、たるんでいた糸がぴんと張りつめた。

（ここは、ひかげ旅館の一室だ）

なるみは、ぱっと身を起こし、ひと呼吸した。

枕もとの携帯電話をさぐる。昨夜、寝る前に、夫に連絡をしたことを思い出したのだ。十時半を過ぎていたが、夫は電話口に出ず、すぐに留守番電話に切り替わった。

「なるみです。しばらく帰りません。考える時間をください」

短すぎる言葉で、決意を告げた。そして横になり、重苦しい闇と闘った。その一夜が明けたのだ。

ばん。

窓ガラスに、なにかが当たったような音がした。つい今しがた、なるみの眼を覚まさせたのはこの音だ。山あいの町を強く吹き抜ける風。

——さっさと起きろ。

そう、風に発破をかけられたようだった。

ふたたび深い息をついて、電話の液晶画面を見る。午前五時二十一分。着信もメールも届いていなかった。

一

前の日。

梅雨入り宣言が出たばかりの、六月の空は曇天だった。

重いガラスの引戸を開くと、なまぬるい風が肌を撫でる。なるみは身を縮めた。休日でもない真昼間から、悠々と温泉に入ることに、誰にともなく後ろめたさを感じたのだ。

露天の岩風呂には、先客がひとりいた。ほっそりとした、きれいな背中だ。白い泡を洗濯機並みに立てながら、わしわしと髪を洗っている。なにも温泉に来てまで、あんなに真剣に髪を洗うこともなかろうに、と思う。

なるみは湯の脇にしゃがんで、掌をそっと湯にくぐらせる。熱すぎずぬるからずのいい温度だ。

壁に虎の顔を模した吐出口があり、ぱっかり開けた口から湯がひっきりなしにほとばしり出ている。

おそらくは、由来に基づいた造りになっているのだ。駅前の像と同じだ。

＊

午前十一時二十五分。一両しかないディーゼル車は、鼠色の靄をまとった青い山をいくつも抜けて、虎立《こたつ》温泉駅に停車した。古びた車輛から降りたのは、ほんの七、八人ばかりである。

（とうとう、着いた）

東京からここまで、四時間あまりの旅だった。

改札を出ると、駅舎のすぐ前は、大きくもないバスターミナルとタクシー乗り場だった。温泉宿の名が入ったマイクロバスが一台、タクシーが二台停まっている。

二車線の道路を挟んで、こげ茶の屋根に白い壁の山小屋風な喫茶店と、色も形も羊羹めいた信用金庫の支店が並んでいた。二つの建物の後ろには、萌黄色から常磐色、深緑と、緑のグラデーションが息苦しいほど濃密な夏の山が身を乗り出している。

バスターミナルの中央には、開いた口から湯を吐き出している石像と、由来が刻まれているらしき石碑が建てられている。なるみはターミナルを横切り、由来書きの文字を追ってみた。

〈【虎立温泉郷の起こり】鎌倉時代の末のことです。木こりの六兵衛が山中で迷い、疲れ果てて気を失いかけたころ、大きな虎に出会いました〉

なるみは石像を眺め直した。大きさからいって猫のようだが、この像は虎なのだ。

（しかしなあ）

なるみは首を傾げた。鎌倉時代の日本の山奥に、虎なんて生息していたのだろうか。

考えてから、苦笑した。まるで夫の――雄彦の言い草だ。


〈六兵衛は、虎の導くまま、川べりに行きました〉


ちょっと待てよ、と、この場に雄彦がいたならば、すかさず文句を言うだろう。ＴＶのニュース番組を観ているときや、映画を鑑賞しているとき、いつだって雄彦はそんな風に突っ込むのである。

意識を失うほど疲れ果てているのに、どうして虎にのこのこついて行ったりするんだよ。怖がるぞ、普通。

なるみは笑いながら、そうだそうだと合槌を打つ。

〈虎が足もとの土を掘ると、湯気の立つ水があふれ出て来たではありませんか。六兵衛は、さっそく裸になって湯に浸かりました〉

食われたらどうするんだ。

〈五体の疲労がみるみるとれました。あたりを見まわすと、虎の姿はいつしか見えなくなっています。きっとみほとけの使いだったのであろうと、六兵衛は手を合わせて拝みました〉

虎問題に関しては、うまく逃げたな。

〈そののち山を下り、村人に神泉の発見を伝えたのです〉

さっきは迷っていたんだろう。どうしてすんなり下山できるんだ。

そんな風に、減らず口を叩くのが、雄彦の性分だ。

（もっとも）

なるみは苦い笑いを浮かべた。

（上機嫌なときは、だけれど）

〈これが虎穴温泉の起こりといわれています。中山道の発達に伴い、江戸時代はたいへんにぎわいました〉

虎は屈託なくぱっかりと大口を開け、だばだば湯を吐いている。見れば見るほど猫に似ていた。

タクシーが一台、滑り出したと見るや、ターミナルを抜けて走り去った。客を乗せているわけではないし、送迎の表示も立っていない。待っていてもお客は来ないと踏んで、昼食でも摂りに行くつもりかもしれなかった。

人影は、なるみのほかにはなかった。

どぼどぼどぼ、石の虎がひたすら湯を吐き出す。その音だけがしている。

(お父さんは、二十年以上も、こんな静かな土地で暮らしていたんだな)

*

上がり湯を使ってから、なるみは岩風呂に身を沈めた。湯がやさしく全身を包み込んでくる。

(アルカリ性のお湯で、お肌がすべすべになるんだったっけ)

先ほど、観光案内所のおばさんがそう説明してくれたのだ。

(六兵衛さんも、入浴後はお肌がすべすべになったのだろうか)

*

観光案内所は、駅に隣接していた。なるみはふたたびターミナルを渡り、〈自動扉〉と記されたガラス扉の前に立った。

開かない。

足を踏み出す。えい。

つま先に力を込める。えい。

足を上げ、また地面を踏みにじる。えい。えい。同じ行為を五度ほど繰り返してから、扉脇の壁に貼られた注意書きに気付いた。

〈扉・故障中。手動です。右側に引いてください〉

（先に言え）

いまいましさをこらえつつ、重い戸をえっちらと引く。内部は六畳間ほどの広さだった。カウンターが中央部を仕切り、壁際にはちらしがたくさん刺さったラックが置かれている。

「あのう」

カウンターの向こう側に、半白の髪の女がうつむいて座っている。

「こんにちは」

女は顔を上げた。年齢のころは六十歳くらい。丸顔のおばさんだ。いくぶん迷惑げな表情に見える。携帯電話をいじっていたらしい。

「少々お聞きしたいんですが」

おばさんは口もとだけ薄く笑ってなるみを見返したが、眼にはまだ迷惑色を宿したままだった。

「ひかげ旅館って、どのあたりでしょうか」

おばさんはカウンターの上に置かれた箱から一枚の紙を取り出した。

「虎立温泉郷の旅館マップです。こちらを参考にしてください」

「……は」

素直に受け取らざるを得なかった。

「宿の名前がわかっているなら、携帯電話からも検索できますよ」

そのぐらいは知っている。

昨日、インターネットで調べておいた。ひかげ旅館の情報は、確かに載っていた。駅からの道筋だって、調べた。

「便利ですよねえ、今の世の中は」

取ってつけたように言うと、おばさんはふたたび下を向いた。便利な世界にとっとと戻りたいらしい。

「ありがとうございます」

重い扉をおっちらと閉め、観光案内所を出る。溜息が漏れた。

忙しくもなさそうなのだから、口頭で説明してほしかった。なるみは誰かと話が交わしたかったのだ。

のんびりしてきなよ。どうせ俺は帰るとしても遅いし、めしは外でいいんだから。

朝、雄彦が口にした言葉は、それきり。他にはなにも話さなかった。


「ちょっと」

声をかけられて、振り向いた。案内所のおばさんが、ガラス扉から半身を乗り出している。

「ひかげ旅館に宿泊する気なの？」

なるみは頷いた。

「ひとりで？」

「そうです」

「ということは、ははあ」

おばさんは、なるみの腰のあたりを値踏みするようにしげしげと見た。

「療治で来たわけ？」

違う。

しかし、観光で来たわけでもない。

（この土地で、〈ひかげ旅館〉を経営していたお父さんが死んだからよ。だから、来たの）

「療治なのね。そういうわけだったの」

ガラス扉を半開きにしたまま、おばさんはなるみに歩み寄ってきた。「同情」の二文字が眉宇にくっきり浮かんでいる。

「だったら、ひかげ旅館はよした方がいいわよ。今日は平日だし、ほかにもっといい宿が空いていると思うわ。午後から連絡すれば、値段も少し下がるんじゃないかしら」

「ご親切に、ありがとうございます。でも、もう予約済みなので」

答えつつ、内心は首を傾げている。つい今しがた、紙きれ一枚で追い払おうとしたくせに、どういう風の吹きまわしで案内人としての自覚に目覚めたのだろうか。

「駅のすぐ裏の、ホテル高楼館なんか、いいわよ。女湯は展望露天風呂なの。長良川が一望できるのよ」

「せっかくですけど」

「だったら湯の森荘はどうかしら」

おばさんは、食い下がった。

「山奥にあるから、ここからはいくぶん距離があるけどね。通りの向こう側の停留所で、十分ほど待てばバスが来るから、すぐに行けるわ。合掌造りのお宿なのよ。お料理も女の子にぴったりのコースがあるし」

「お料理?」

つい訊きかえしてしまったのは、そろそろ空腹を覚え出していたせいだった。

「熊鍋が名物なの」

（どこが女の子にぴったりなんだよ？）

「コース料理なのよ。熊のお刺身に、味噌仕立ての熊汁」

そこまで言って、おばさんはようやくなるみの浮かぬ顔に気付いたようだった。

「もっとさっぱりしたお食事の方がお好みかしら？」

「そうですね」

「イノシシのコースもあるわよ」

（喧嘩を売っているのか、このおばさん）

「熊もイノシシも、コラーゲンがたっぷりで、美容にいいのよ。それから、馬もおいしいわ。ヘルシーだしね」

けものだらけだ。地名は虎だし、まるでサファリパークである。

「とにかく、悪いことは言わない。ひかげ旅館はやめなさい」

おばさんは命令口調になった。

「あのお宿には、温泉も引いていないんだから」

「え？」

なるみは耳を疑った。「温泉宿なのに、ですか」

「だから温泉宿じゃないわけよ。ただの宿屋」

おばさんは軽蔑したように唇をねじ曲げる。

「今どき外湯のみなんて、昔の湯治場じゃないんだからね。せっかく温泉に来て、宿でゆっくり温泉に入れないなんて、つまらないわよ」

おばさんは、ひかげ旅館に好意的ではない。

（なぜ？）

ひかげ旅館の情報量は、同じ温泉郷にある他の旅館に較べ、極端に少なかった。宿の外観写真はなし。室数はわずかに四室。一泊の料金設定は宿の中でも最低ラインの四千円台である。しかも今どき、予約は電話受付のみ。旅館という名はついているものの、こじんまりした和風民宿といったところなのだろう。そう見当をつけてはいた。

が、だからといって、ここまで引き留めるのは尋常ではない。

「ここの温泉はね、悪い疾患に効くだけじゃない。アルカリ性のお湯で、お肌が赤ちゃんみたいになるのよ。ちょっとさわってごらんなさい」

おばさんはなるみの手を引っ摑み、自分の腕に押しつけた。

「あたしの肌、すべすべでしょ？」

「……はあ」

おばさんの自称玉の肌をいきなり触らされたなるみは、ただただ、困惑の度を深めた。

「お嫁に来てから何十年も、ここのお湯に毎日浸かっているからね」

おばさんは誇らしげだった。

「実際の年齢にはとても見えない。若いってよく言われるのよ。いくつに見える？」

（還暦手前。うちのお母さんと同じくらいでしょ？）

しかし正直にそう言ってしまっていいものか。よくはない。割り引いて答えるしかなかった。

「四十代の後半、ですか？」

口に出した途端、自己嫌悪に襲われた。やりすぎだ。バーゲンセールの最終日なみに引いてしまった。

「厭ねえ」

言葉とは裏腹に、おばさんは会心の笑みをこぼした。

「これでもう五十九歳なのよ」

（ですよね。見たまんまです）

「みんな、そう言うのよね。若いって」

（それは間違いなくお世辞です）

なるみはげんなりした。おばさんは、年代だけでなく、性格も自分の母親に近いようだ。肌が若いと言われたとか、首筋がきれいだと褒められたとか、あなただけ時間が止まっているみたいだわと絶賛されたとか、アンチエイジングサプリメントの宣伝みたいなお追従を、まともに受け取ってご自慢に換えてしまう、強靭な精神構造の持ち主。

けれど、誰かが言っていた。自分に対して楽観的であることは、悲観的であるよりははるかにいいことだと。

（お父さんの言葉だ）

「虎立温泉は、古くから栄えていて、百軒からの宿があるんですからね」

おばさんは言いつのった。

「なにもよりによって、あんなしょぼい民宿を選んで泊まることはないのよ」

「本当に、ご親切はありがたいんですが、宿を替える気はないんです」

そこまで説明する義務はないと思ったが、思いきって言ってしまう。

「ひかげ旅館さんは、わたしの親類の家なんです」

「あら、そうなの？」

気まずい間。

「いやね、別に、ひかげ旅館さんを悪く言うつもりはなかったのよ」

なるみから視線を外しながら、おばさんは弁解した。

「建物は古いし、温泉も来ていないぶん、おかみさんはいいひとだったわ。変わり者ではあったけど」

（おかみさん？）

「本当に気の毒なことをしたわね」

（気の毒？　どういうこと？）

問いかける暇はなかった。

おばさんは踵を返し、足早に案内所へと戻って行ってしまった。

お母さんって、いつでも自分のことばかり。自分が大好きで、自分に自信があり過ぎる。

時々うんざりすることがある。

なるみが手紙でこぼすと、父親はこんな返事をよこしたものだった。

〈自分に対して楽観的であることは、悲観的であるよりはるかにいいことだとお父さんは思う。あたしなんかどうせ、とうじうじしているより、あたしってばどうよ、と小鼻を膨らませている方が、異性の眼には魅力的に映る。ただそのぶん、同性としては疲れるんだよね。なるみはつらい立場だな〉


父親には、悩みがあれば、それを書き送った。学校で起きたトラブルなど、母親に話しても、うるさがれるだけだったのだ。

「お母さんだって大変なのよ」

そのひと言でおしまいだ。しかし、父親は違った。とりとめもなく綴られたなるみの愚痴に、きちんとした返事をくれた。

恋の相談すら、したことがある。

高校二年の終わり。同じ部活の先輩への二年越しの片思いが、告白とともに玉砕。そのくせ思いきれず、毎日めそめそしていたときだった。

〈どうしたら、先輩のことを忘れられる?〉

一週間も経たないうちに返事が届いた。

〈朝昼晩、ごはんをたくさん食べ、トイレでたくさん出す。そしてまた食べすぎちゃったよと悔やみつつ泣く。入浴時は、シャワーを浴びながら男のことを想って泣く。友だちと遊びに行ったら、必ずカラオケに誘う。失恋の曲ばかり思い入れたっぷりに歌う。友だちがうっとうしがったら、その場で泣いて謝る。寝る前は、悲恋の小説や漫画を読んでむせび泣く。これを二週間繰り返す〉

（何だこれ）

なるみは眼をまるくしながら読んだ。

〈そして、十五日目の朝を迎えたら、その男のことを頭から追い出す。忘れられる日が来るのを待つんじゃない。強いて忘れるようにする。恋する女とアスリートは、退きどきが肝心だ〉

（馬鹿なことを言っているなあ）

なるみは笑った。そして、少しだけ元気が出た。

いつしか、父親へ手紙を書くことで、気持ちの整理をするのが、なるみの習性になっていた。

だが、父親に手紙で悩みを告げている、などということは、なるみの友人たちからすれば、信じられないことのようだった。

私なんか、親父とはずっと口を利いていない。

うちも、ママならともかく、パパになんかぜったい話せない。

友だちは、みんなそんな反応だった。会えないのは寂しいし、普通の家庭の在りようとはだいぶかけ離れているけれど、こういう関係も悪くないのかなと思えるようにもなっていた。

「ずっと離れて暮らしていて、ときどき紙切れの上でいい父親の顔をしてみせるくらい、楽なものじゃないの」

母親は冷笑した。おそらくそれが正論なのだろう。

だが、なるみにとって、父親との文通は大切な支えだった。呼びかけさえすれば、必ず応えてくれる。どんなにささいな苦しみでも、すくい上げて慰撫してくれる。無条件に信じられる、そんな人間は、他には誰もいなかった。

（お父さんは、わたしの味方だ）

昔も、……現在も。

二

暖かい風がなるみの頬をくすぐる。

肩から下は、いろいろと効能のある、アルカリ性のお湯。

(案内所のおばさんに、妙な誤解をされちゃったな)

思わず眉間に皺が寄る。先刻、脱衣所の壁にあった説明書きを読んで、そのことに気付いたばかりなのだ。

〈虎立温泉は、川原に泉源があります。江戸時代は川原に穴を掘って板で囲い、川の水で温度を調節しながら入浴していました〉

実用的な筆致で書かれたそれは、虎と六兵衛の説話的伝承には触れていなかった。

〈現在は集中管理方式を採用し、温泉街の各旅館やホテルへと、安定した温度と量の天然温泉がくまなく供給されるようになっています〉

くまなく、とはいえない。少なくとも、父親の宿には供給されていないらしいのだから。

〈虎立温泉はお肌をつるつるにするPH値が非常に高く、源泉の温度は約55℃。筋肉痛や五十肩、打ち身などに効能があります〉

ほぼ、なるみには用のない効能である。案内所のおばさんは、なるみが何の療治に来たと思ったのだろうか。

その答えは、すぐにわかった。

〈江戸時代からとりわけ有名なのは、痔疾の快癒です。『痔なら虎立』と、全国各地から病に悩む人々が大勢訪れ、虎立温泉の名をいっそう高めました〉

(うわあ!)

なるみは天を仰いだ。おばさんが急に同情的になった理由がこれではっきりした。

(冗談じゃないよ、まったく)


「おひとりですか?」

湯に浸りつつ放心していると、タオルで髪をくるんだ女がいつの間にか身を寄せてきていた。

「さっき、同じ電車で着いたんですよ」

女はにっこり笑った。なるみより若い。まだ三十にはなっていないように見えた。

「気付きませんでした?」

なるみは苦笑を返すしかなかった。

＊

二本の線路を挟んだ相対式のプラットホーム。駅舎は向かい側のホームに設置されている。改札もそちらにしかないらしく、電車から降りたばかりの乗客たちは、みな迷いなく跨線橋の階段へ向かっていく。

名の知られた温泉地のわりに、ずいぶん寂しい。もっとも、木曜日の午前十一時では、こんなものなのか。名古屋駅で電車を乗り換えたときは蒸し暑かったのに、山の中のせいか、空気はやや冷たい。

ホームに降り立ったひとびとは、いつかいなくなっている。ようやく歩き出したと同時に、ディーゼル車もごとごと動き出した。悠揚となるみを追い越し、少しずつ速度を上げて遠ざかっていく。

ああ、行っちゃった。

名残惜しいような、取り残されたような、心細い気持ちになる。

ゆっくり、ゆっくり。確実に小さくなっていく黄色い車輛。なぜかその姿が夫の背中と重なって見えた。

「虎立温泉に行って来る」

「いいんじゃない。行って来なよ」

「大丈夫？」

「俺の方は大丈夫だよ」

しかし、父親を亡くしたなるみに大丈夫かとは、雄彦は訊かなかった。

「おふくろさんには、知らせた？」

雄彦の声が微妙な翳を持つ。なるみの母親と雄彦との関係はよくなかった。

「電話をしたら、驚いてはいた」

しかし、それで終わりだった。そのあとはすぐ、母親自身の話になった。

そうなのよ。まだまだ若いと言ったって、油断のできない年代なのよ。私だって、いつどうなるかわからないわ。気候のせいか、このところ躰がだるいし食欲もないし血圧も高いし。

なるみは、そうなの気をつけて心配だわと適当な合槌を打ったのち、すみやかに会話を終えて電話を切った。

「まあ、かつての配偶者とはいえ、ずいぶん長いこと会っていないいんだものな」

そのとおり、四半世紀近くは会っていないはずだ。それは、娘であるなるみも同様だった。

結婚式にも、招ばなかった。当然、雄彦とも会ったことはない。

「いつ行くの？」

「できれば、すぐ。明日にでも行きたい」

「明日？」

「急で悪いけど」

ひと月ほど前、勤めていた生花店が閉店になったため、なるみは現在、働いていない。時間はじゅうぶんにあった。

「いいよ。どうせ夜は遅いから、めしも外で食うし」

雄彦はすんなり了解した。帰宅が遅いのはいつものことだった。土日に家を空けるのも、めずらしいことではない。

「こみ入った話がいろいろとありそうだから、その日は帰れないかもしれない」

雄彦が、ちらっと眼を上げた。

「行ってみないとわからないけど、もし泊まりになるようなら連絡をするから」

本当は、泊まることはもう決定済みだった。だが、雄彦の反応が見たくて、わざと曖昧に言ったのだ。

(厭な女だ、わたしは。こんな際にさえ駆け引きめいた真似をしてしまう)

「それにしても、おとうさんが旅館を経営していたなんて、はじめて知ったよ。そんなこと、ちっとも教えてくれなかったよな」

「でも、わたしも知らなかったから」

「知らなかった?」

雄彦はあきれたようだった。

「文通はしょっちゅうしていたじゃないか」

そのとおりだ。子供のころは月に一、二度。成長とともに減りはしたが、それでも年に四、五通以上は出していた。二ヵ月前にも出した。そして、いつもより返事が遅いとは思っていた。

「それなのに、おとうさんの職業を知らなかったの?」

四半世紀ものあいだ、何十回となく、父親の住所を封筒に書き記してきた。所番地は強いて思い出さずとも書ける。手が記憶している。それでいて、なにをして暮らしを立てているのか、訊ねたことすらなかった。

「住所だけでは、温泉町だとわからなかったもの。それに、お父さんと別れたのは、ほんの子供のときだったから」

「それにしたって、なあ」

雄彦は眉間に皺を寄せた。「二十年以上も、おとうさんの仕事を知りたいとは思わなかったわけ?」

「変かなあ」

「変だよ」

雄彦は嘲るように顎を上げた。

「でも、なるみはいつもそうだよな。けっきょくは他人に関心がないんだ」

なるみは軽い衝撃を受けた。

「他人?」

(他人なものか。実の父親じゃないか)

(でも、無理もないんだ。このひとにとっては遠い存在に過ぎないんだもの)

「せっかくの温泉旅館なんだから、観光ついでに、のんびりして来れば？」

「観光？」

またしても、頬を叩かれたような衝撃。


父親が死んだのは、ひと月半も前だった。

ひかげ旅館で働いている、天藤という男から来た手紙で、そのことを知った。なるみはすぐに手紙の末尾に記された電話番号に連絡をした。

通話口には、天藤自身が出た。

父がいろいろお世話になりました。

なにを言えばいいのかわからなかったから、ひとまずはそう言った。

いいえ、自分の方こそ、水橋さんにはたいへんお世話になっていました。天藤は静かな声で応えた。

実は、水橋さんからあなたへのお手紙をお預かりしているんです。お送りしようかとも考えたんですが、それではあまりに無作法かとも思いまして。

わたし、そちらへ行きます、すぐにでも。

弾かれるように口走っていた。


だから、行くのだ。それを、観光ついで、とは。

「のんびりするのも、いいかもね。このところ、つらいことばかり続くから、気晴らしも必要だもの」

皮肉だった。案の定、雄彦がはっきり眉を吊り上げた。

「厭味?」

空気が変わる。

次に出た言葉に素早く嚙みついてやろうとする、ぎすぎすした緊張感。

「今日ぐらいは、つっかからないで話せない?」

「そっちが先にはじめたことだろう?」

(まただ)

なるみは内心、嘆息した。

(また、わたしだけが悪いことになる)

「よけいなひと言を言い過ぎなんだ」

(それは、お互いさまじゃない?)

「素直じゃないんだよな」

(わたしが素直になれば、解決することなの?)

昨日も今日も、外に出せない溜息だけが躰の中に溜まっていく。

(わたしが素直になりさえすれば)

こんな気持ちのすれ違いが、いつまで続くのだろうか。

〈あのひととは、会わないの？〉

このごろ、夫《だんな》とぎくしゃくしちゃうんだ。

手紙でそれを打ち明けたのは、半年も前だったろうか。

父親からの返事は、すぐに届いた。

〈よくわかる。お父さんも経験者だ。親しき仲にも礼儀あり。結局はそれに尽きるんだが、それができれば苦労はないね。なるみも知っているように、お父さんにもできなかった。そんな情けない先輩に言えることはただひとつ。なるみのご亭主は、無神経で自分勝手な青二才のとんちきだ。外へ向かってはバッタのようにへこへこし、家へ帰って来れば重箱の隅をほじくるしか能のない小姑野郎だ〉

便箋の一枚目は、よくもここまでと感心するほど悪口雑言がびっしり連ねてあって、二枚目にこう書かれていた。

〈追伸。あんたにうちの亭主のなにがわかるのよ、くそ親父。そう思ってむっとしたんじゃないか？　だったら大丈夫。いずれ仲は直るよ〉

なるみはむっとしなかった。二枚目の追伸がなかったとしても、いかにも父親らしい返事だと苦笑しただけだったろう。

　だから、状況は深刻なのだ。

*

「平日の昼間に温泉だなんて、お互いに優雅ですよね」

　湯の中で、女は手足を心地よげに伸ばした。

「あなたはやはり、療治が目的ですか？」

　なるみの脳裏に『痔なら虎立』の五文字がくっきりと浮かび上がった。

「違います。温泉はついでです」

　心ならずも、いささか切り口上になってしまう。

「躰の具合はどこも悪くないです」

「私もですよ」

　女は怪訝そうに応じた。

「効能はどうでもいいんです。真昼間、外の風に当たりながら、広々したお風呂でこうしてのんびりできるのが好きなだけ」

　ですよね、となるみは小声で言った。

「たまにはいいですよね。堂々と会社を休んで、こうやってのんびりしていたって」

ええ、と、無職のなるみも話を合わせる。

「虎立温泉には、以前も一度、来たんですよ。そのときは予約をしていなかったから、泊まるところがなくて困りました」

女は渋い表情になった。

「安い民宿しか空いてなかったんですよ」

なるみは全身をこわばらせた。

「それも、信じられないほど悪趣味な、へんな民宿でした」

「まさか、ひかげ旅館じゃないでしょうね？」

女は眼をまるくした。

「あたり。何でわかるんですか」

＊

露天風呂に来る前、すでにひかげ旅館へは足を運んでいた。

天藤という男と約束した時刻は、午後三時。時間はあまり過ぎるほどあまっていた。食事を済ませてから訪ねるつもりではあったのだが、まずはひと目だけでも見ておきたかったのだ。

駅前の通りを左に曲がると、ガス灯を模した街路灯が並んだ広い道路にぶつかった。ここが目抜き通りなのだろう。通りは川に向かって伸び、川に架かった虎立大橋へと続いていく。対岸には、大小のコンクリート建築が、山を背後にぎっしり群がり建っていた。ホテルや旅館は川の向こう側に集中しているようだ。

だが、ひかげ旅館はなぜだか川のこちら側にある。

案内所で渡された地図を見ながら、虎立大橋の手前の道を右に曲がる。コンビニエンスストアと病院、喫茶店。その先は、木造のしもた屋が四、五軒を並べている。そして二十坪ほどの空き地。サロンだのパブだのの色褪せた看板が掲げられた、見るからに廃墟とわかるコンクリートの三階建て。

歩くうちにどんどん寂しくなってくる。なるみは不安になった。ここは、本当に温泉街の一部なのだろうか。

銭湯に行きあたった。タイル造りの建物で、入口の上に〈せみのゆ〉とある。中からサンダルを突っかけた小柄な老人が出てきた。

「あのう」

老人は無言でなるみを見返した。

「ひかげ旅館って、このへんでしょうか」

「隣だよ」

老人は顎で示した。つられてそちらに動いたなるみの眼が大きく見開かれる。

（お化け屋敷か）

もとは切妻屋根のありふれた木造二階家だったのだろう。その壁が、金色に黒の横縞という、異様な配色でごてごてに塗りたくられている。二階の四つの窓の黒い手すりには、ＬＥＤイルミネーションのコードが巻きついていた。入口脇の壁に、一メートル四方ほどの電飾の看板が取り付けられている。〈ひかげ旅館〉の文字を囲んで、どうやら虎が背をまるめて咆哮する形になっているようだ。暗くなって明かりが灯ればはっきりするのだろうが、正直なところ自分の眼で確かめたいとは思わなかった。

きっと、古くなって、だいぶ傷んで来た建物を、虎立温泉の地名にちなんで改装しようとしたのだ。

（そして大失敗してしまったわけだ）

それにしても、どこをどうしたらここまでぶっ飛んだ失敗ができるものか、想像もつかない。

（ともかく、案内所のおばさんが引き止めた気持ちはよくわかった）

そのとき、入口のガラス戸をがらりと開けて、誰かが出てきた。まるまるとふとった坊主頭の男の子だ。小学校の四、五年生に見える。

（宿泊客の子供？）

そうではないことは、すぐにわかった。ふとった少年は、くるりと奥へ向きなおって、叫んだのだ。

「みりんと、牛乳と、あとはなにを買って来るって？」

なるみは咄嗟に顔を背け、来たばかりの道を早足で歩き出していた。

ないか。

手紙をくれた天藤の身内。そう思いたい。でも、さっき案内所のおばさんが言っていたではないか。

（あの子は、誰？）

おかみさんはいいひとだったわ、と。

（お父さんには、家庭があったのじゃなかろうか）

不思議でもない。母親と別れて四半世紀以上も経つのだ。一緒に暮らしている女性や、子供がいたっておかしくはない。

なるみとて、そんな風に考えたこともある。しかし、実際に父親に問うてみたことはない。訊ねさえすれば、父親は答えてくれただろう。だが、知るのは怖かった。知ってしまっても、祝福はしてあげられない。自分には与えてくれなかったものを、他の誰かには与えているのだと、恨みがましい気持ちになってしまう。

なるみは、手紙に綴られている言葉以外、父親のことはなにも知りたくなかったのだ。

これまでだって、父親と会おうと考えなかったわけではなかった。だが、結局はそうしなかった。会わずにいた時間はあまりにも長かったし、手紙のやりとりだけの関係が当たり前になり過ぎていた。

きっと、いつかは会う日が来るだろう。いつだって、会おうとすれば会える。だから、今は波風を立てる必要はない。このままでいい。

三十歳を過ぎてまで、まだそんな風に思っていた。

なるみはいつもそうだよな。けっきょくは他人に関心がないんだ。雄彦に嘲笑されても仕方がない。ずっと、父親の「現実」から眼をそらしてきたのだから。手紙に自分の思いをぶつけるばかりで、父親という人間をいっさい知ろうとしなかったのだから。

いたたまれなさに追われるように、足を速めた。

両親の離婚後、父親と会わないようになったのは、母親が厭がったからだった。

「そりゃ、なるみちゃんにとっては父親だものね。会う自由はあるわ。お母さんは口を出す権利なんてない」

そう言いながら、なるみと父親が会う日には、必ずといっていいほど体調を悪くした。吐き気がする、頭痛がする、めまいがする。

「でもいいのよ。気にしないで行って来て。お母さんはどうせ長生きできないって、覚悟しているんだから」

むろん、父親には会いたかった。だが、母親からそのように言われてまで、父親に会いに行ける子供など、いるはずがない。

会えなくなっても、はじめのうちは電話での交流ができた。しかしなるみが小学生になってしばらくすると、父親に電話をしたいと言うだけでも母親の具合が悪くなるようになった。吐き気がする。頭痛がする。めまいがする。耳鳴りがやまない。

症状がだんだん増えてくる。さすがにおかしいと思わなくはなかったが、それを指摘する勇気はなかった。すでにその時点において、なるみにとって家庭とは、母親との関係だけを指すものになっていた。

母親のご機嫌だけが大事だった。母親に逆らうことはしたくなかった。

父親と娘に残された手段は、手紙だけだった。

三

露天風呂の女は、大場蛍子と名乗った。

「電車も一緒、お風呂も一緒だなんて、よほどご縁があるんですよ」

蛍子はひとなつこい笑いを見せた。

「どうせなら昼食もご一緒しましょうよ。お店は決めて来ましたから。虎立温泉では名物料理らしいですよ」

否やはなかった。もともと、なるみが日帰り温泉施設〈タイガー・スパ・ガーデン〉に行ったのは、ひかげ旅館で波立った気分を鎮めるためだった。その場所で蛍子のような、かつてひかげ旅館に泊まったことのある人間に出会ったのは、確かに因縁のような気がした。

川べりに沿って建つ、あずき色のまるいタンクと白く四角い豆腐のような〈タイガー・スパ

・ガーデン〉の建物を後にして、虎立大橋のたもとに出た。まるい山の稜線に向かって、橋から真っ直ぐに続く道路上には、不気味なほどひとの姿がない。
蛍子となるみは、大通りに沿った和食レストランに入った。

「ひかげ旅館って、おかしな宿でしたよ」

程よく火の通った馬肉のひと切れを口に運びながら、蛍子は言った。

「おかしいって、どんな風に？」

なるみも同じ、レディース馬肉セットを食べていた。前菜の馬肉燻製に、馬刺し、朴葉味噌包み焼き、ごはんと赤だし。山の中まで行かずとも、けもの料理尽くしからは逃れられなかったのである。

「ちぐはぐなんですよ」

蛍子は生ビールのジョッキを景気よく傾けた。

「まず、外装が派手でひどいんです。私たちが着いたのは暗くなってからだったから、こまかいところは見えなかったんですけど、昭和の遊園地のアトラクションみたいなデザインでした。アフリカとか、インドの山奥とかの間違ったイメージ。しかも、安物のクリスマスツリーみたいな電飾が点滅しているんです」

なるみは馬肉の燻製を無言で噛みしめた。

「看板もぴかぴかしているんですが、情けないことに、一部は壊れてつかなくなっていて、ひかげ旅館がひげ館になっていました」

「…………」

「ところが、屋内に一歩入ると、普通にぼろい純和風の宿屋なんです。いったいなにがしたかったんだって感じ」

蛍子は馬刺しのひと切れを口の中に抛り込んだ。

「また、内風呂がいかがわしくて」

「いかがわしい？」

「一見したところ、壁や床はラベンダー色、大きめの浴槽はピンク。色合いがいやらしいかなと思うくらいなんですけどね」

周囲をちょっと見まわしてから、蛍子はいくぶん声を落とした。

「よく見ると、天井や壁に蛍光塗料で虎や熊の絵が描いてあって、床に赤や青の豆電球が仕込んであるんです。暗くして入れ、という意味です。おまけにスイッチひとつで泡風呂になる。どういうものか、わかるでしょう？」

返事をする代わりに、なるみは赤だしを啜り上げた。

「とどめが椅子です」

「椅子？」

「普通のお風呂用の椅子じゃないんですよ。座面の中心が妙にへこんでいる特殊浴場向けの」

「まさか」

「もうやめてくれ、と言いたくなりました」

（その言葉、わたしも言いたいよ）

「それに加えて、ただの沸かし湯で、温泉じゃないんです。温泉に入りたければ外に行けって
いうんですよ」

なるみはウーロン茶をがぶりと飲んだ。自分も一杯引っかけたい気分だ。だが、午後三時を
前に酔うわけにはいかない。

「仲良くお二人で入りたければ、うちでどうぞ。ただし、お湯はちゃんと抜いておいてくださ
いよ。いっひっひって、おかみさんが意味ありげに笑ったりして」

（来た）

なるみの背筋がぴっと伸びた。

「おかみさん？」

「彼氏と一緒だったんですよ、実は」

（いや、訊いているのはそこじゃないから）

「それはご馳走さまでした。で、おかみさんって、どんなひとでした？」

「変人でしたね。見るからにわけありでした」

「わけあり？」

「実は、私たちもわけありだったんですけどね」

（またか）

舌打ちしたくなるのを、辛うじてこらえた。

（あなたたちののろけ話を聞きたいわけじゃないんだけど）

なるみは山菜漬けの小鉢に箸を出した。蛍子がはじめから親しげに振る舞ったのは、行きずりの他人である自分に打ち明け話がしたかったからなのかもしれない。

「既婚者なんです、彼」

なるみの箸が止まった。

「今日は名古屋に出張なので、奥さんには出張の日を多めに言って」

「……………」

「私の方は有給を取りました。夕方、こっちのホテルで落ち合う予定なんです」

泊まりがけの出張は、雄彦も多い。それも、ここ半年ばかりのあいだに、増えていた。

「ちょうど一年になるんですよね、私たち。最初につき合い出したのが、この虎立温泉に来たときだったから、記念に今度も来ようってことになったんです。でも、さすがにひかげ旅館には泊まりたくないから、ちゃんとしたホテルを予約しましたけどね」

「連絡は？」

自分でもそれとわかるほど、なるみの声の調子は変わっていた。

「え？」

「メールとか、奥さんにばれないように気を遣ったりしているの？」

「普通にやりとりしてますよ。奥さんって、気付かないもんですね。気付かないわけないと思うんだけど」

脱衣所やトイレにまで、携帯電話を持ち込むようになったのも、同じころから？

「……気付いていると思う」

＊

メールの相手は、雄彦の学生時代の同級生だった。写真だけは見たことがある。長くもなく、深くもなかったものの、つき合っていたこともあるのだ、とは、結婚してずいぶん経ってから聞いた。

それきり忘れていた。思い出すこともないと思っていた。リビングルームのソファーの上で、雄彦が背中をまるめて打っていた長文のメールの宛先を、脇から覗き込んで確かめるまでは。

「仕事のこととか、いろいろ相談に乗っていただけだよ」

雄彦は否定した。同僚と飲みに行くと言いながら、その「もと彼女」と会っていたこともある、とも認めたあとだった。

納得できる話ではなかった。

「もし正直に言ったら、疑うだろう？」

よけいな心配はかけたくないから黙っていただけだと、雄彦は居直った。

「お前はどうせ、俺の言うことは信じないんだよな。頭から聞こうとしない」

ちょっと待ってよ、と、なるみは言った。どうしてわたしが悪いことになるわけ？

しかし、いくら話をしても、雄彦の言いぶんと、なるみの気持ちが重なることはなかった。

俺はなにもしていない。お前が厭なら、もう会わない。信じろ。信じられないなら、それはお前自身の問題だ。

話しても話しても、同じことだった。

（こういう場合、他のひとはどうするんだろう？　家を出て、少し距離を置いて考えてみる？）

そうしたくても、なるみには行き場所がなかった。実家に戻ることはしたくない。母親と雄彦は不仲だった。結婚するときは、だいぶ反対された。雄彦が浮気をしたかもしれない、などと言おうものなら、飢えた野獣に餌を与えるようなものだ。

「ほらね。お母さんの言った通り、ろくな男じゃなかったでしょう」

勝ち誇ったように言うのが眼に見えるようだった。

「あんな男とは、さっさと別れなさい。そして、これからはお母さんの言うことをよく聞くのよ」

考えただけでぞっとした。

（今後、どうなるにせよ、お母さんには頼りたくない）

相談できる相手は誰もいなかった。たったひとりを除いては。


そして二ヵ月前。

いつものように、なるみは手紙を書いた。

その返事は、遂に来なかった。

*

蛍子は昼間とは思えないほどの速度でビールジョッキを三杯も空けたのち、地元産のワインを注文した。

三時から約束があるのだと、振りきるのが大変だった。

四

入口の戸を開け、すみませんと声をかけた。

細長い土間が中まで続いていて、ひんやりと薄暗かった。奥に暖簾がかかっている。その先が台所なのだろう。

左手に障子、その横に廊下への上り口と階段があった。昔の家屋らしく、土間との段差はかなり高い。敷石の上にサンダルが二足並べて置いてある。

「はい」

くぐもった返事と同時に、廊下から出てきてサンダルをつっかけたのは、眼鼻立ちのくっきりした長身の男だった。なるみよりひとつふたつ齢上、三十代半ばだろうか。

「有村といいます。お手紙をもらいました」

「水橋さんのお嬢さんですね」

お嬢さんって年齢じゃないな。思いつつ、なるみは一礼した。

「手紙を出したのは私です。中へどうぞ」

廊下を入ってすぐ左手は、土間と障子で仕切られている八畳ほどの部屋だった。年季の入った海老茶色の絨毯に、一畳ぶんもある大きな座卓。隅にはノートパソコンと電話機、筆立てに写真立てなどがごちゃごちゃ置かれた文机と座椅子。察するに、ここは帳場兼応接室なのだろう。

「どうぞ」

天藤は、部屋の端に積まれていた座布団を引き出した。

「わざわざこんな山の中まで来ていただいて、本当にすみません」

膝をついて、深々と頭を下げる。

「四十九日が過ぎるまで、お嬢さんにはなにも知らせるな。それが水橋さんの遺言だったものですから」

天藤は文机の上の写真立てをこちらへ向けた。父親の遺影だと、すぐにわかった。今年のはじめ、なるみが受け取った写真だった。ほぼ毎年、互いに写真を送りあっていたのである。

「仏壇は、ないんですか？」

「ないんです。おか」言いかけて、天藤は口ごもった。「水橋さんは、お寺さんが嫌いでして」

「ああ」

なるみは微笑した。

「なまぐさ坊主が若いお姉ちゃんのいる飲み屋へ通ったり、ゴルフ場でキャディーに威張り散らしたり、跡取りの馬鹿息子にフェラーリを買ってやったりする金を払う気はない」

天藤の表情が、わずかに和らいだ気がした。

「そうです。それが水橋さんの口癖でした」

「お墓はどこにあるんでしょうか」

「斎場の横にある市営の墓地です。あとでご案内します」

「この写真」

父親の写真がまっすぐなるみを見ている。障子を背にして笑いかけている。

「ここのお部屋で撮ったんですね」

「はい。正月に、自分が撮りました」

「従業員の方は、ほかにおられないんですか」

「現在は自分だけです。それでいちおう、自分が引き継ぐ形になっています」

「おひとりだと、大変ですね」

「いいえ。暇ですから。今夜も宿泊予定のお客さんはいませんし」

天藤は、丁重ではあるが、客商売に似合わず愛想に乏しいようだ。和らいだかと思ったら、すぐに硬くなる。ひとつ答えると、すぐに口を閉ざしてしまう。

「今日は、天藤さん以外にも、どなたかお見えになるんですよね？」

「弁護士が来ます」

「弁護士？」

「水橋さんからの手紙を預かっておられるんです」

「弁護士の先生が、わざわざそれを持ってきてくださるんですか」

「今夜から長野にご出張だそうで、夕方にはちょうど都合よく立ち寄ることができるそうです」

なるみは居ずまいを正した。

「緊張なさることはありません。蝗沢先生は、水橋さんの幼友だちです」

「おさなともだち？」

「ええ、この町の出身でしてね。現在は名古屋に事務所を構えておられます」

「父は、前々から、その蝗沢先生にいろいろと相談をしていたのでしょうか」

天藤は曖昧に頷いた。

「おそらくは」

「そうですか」

沈黙。

弾まない会話のキャッチボールが、とうとう途切れた。

柱時計の音だけが、かつかつ鳴り響く。父親の、これまでの生活。死にぎわ。訊ねたいことはたくさんあるのに、きっかけが摑めない。

がらがら、と入口の扉を開ける音がした。

「蝗沢先生が見えたようです。早いな」

天藤もほっとしたのだろう。そそくさと立ち上がって、廊下へ出ていった。


一瞬の間があった。

「源五郎か」

天藤の声だ。なるみと話しているときの堅苦しい丁寧さは消え、かなりつっけんどんな調子である。

「おれだけど?」

子供の声だった。

「どうしてうろうろしている。呼ぶまでおとなしく二階で待っていろと言ったはずだ」

「もう来ているんだろう、お嬢ちゃん。おれも挨拶をしなきゃ」

(お嬢ちゃん?)

「お前が顔を出すのは、大事な話が済んでから、とも言った」

「大事な話、おれも入れてよ」

「駄目だ」

土間との仕切りの障子がさっと開いた。天藤の制止は無視されたものらしい。

「お控えなすって」

快活な一声。まるい顔とまるい頭。すぐにわかった。さっき見かけた子供だった。わからないのは、言葉の方である。

(おひかえなすって?)

「お初にお目にかかります。嶋源五郎、十歳です」

躰もまるい少年は、直立不動で自己紹介をした。

「ここでご厄介になっている身でござんす」

(ござんす?)

「おかみさんには、たいへんなご恩を受けた身でございまして」

「源五郎、お茶の用意をしなさい」

天藤が、廊下から戻るなり命じた。

源五郎少年は口を尖らせた。

「挨拶は大事だって、おかみさんが言っていたぜ」

「後にしろ。お茶の用意だ」

「……へい」

へいへーいと節をつけて歌いながら、源五郎は土間の奥へと姿を消した。

「どうも、とんだ失礼をいたしました」

天藤は仕切りの障子をぴしゃりと閉めた。

「事情があって、うちで預かって面倒をみている子供なんです」

その子供が、なぜあんな時代劇に出てくるやくざ者のような口の利き方をするのか。いいや、それより知りたいことがある。

「おかみさん、ですって？」

言いかけて、なるみは口をつぐんだ。

天藤の表情は静かなままだ。が、そのこめかみはびくびくと脈を打っている。

「……詳しいお話は、蝗沢先生がお見えになったうえで、ゆっくりとしませんか」

感情を表に出さないだけに、かえって怖ろしい。なるみは、はい、と引き下がるよりなかった。

がらがらがら。また扉が開いた。

今度こそ蝗沢先生の登場だろうか。天藤がふたたび廊下へ出ていった。


「休ませてくれる？」

女の声だった。

「ちょっと部屋を貸して、横にならせて」

「今からでしょうか」

「そうよ。今からよ。どうせ、空いてるんでしょう」

なるみははっとした。この喋り方には覚えがある。

「お泊まりでしょうか？」

天藤は、土間に下りて応対をしているらしい。

「泊まらない。帰る」

なるみはそっと腰を上げ、仕切りの障子をわずかに開けてみる。

ああ、と声が漏れた。

「一時間か二時間、休ませてほしいだけ。休憩よ。きゅうけい。わかる？」

だいぶ酔いがまわっているその客は、先ほどレストランでようやく別れたばかりの蛍子だった。

「たいへん申しわけありませんが、今日は、私どもでは、少々取り込んでおりまして、営業はしていないんです」

「なにい？」

蛍子は引き下がらなかった。

「あんたじゃ話がわからない。おかみさんを呼んでよ。おかみさんはいないの？」

天藤を押しのけ、屋内を見まわして、蛍子は歓声を上げた。

「有村さん、こんなところにいたんですか？」

よろよろと土間に足を踏み入れる。

（すごい）

なるみは呟いた。足もとが覚束ないほど酔っているのに、たった五センチほどの隙間から覗いた自分の顔は見逃さない。蛍子さんはすごい。

「大場さん。どうしたんですか？」

観念して、なるみは障子をもう十センチほど開けた。

「聞いてくださいよう。来られないんですって、彼」

蛍子はさらに障子を押し開き、なだれ込むように腰を下ろした。

「メール一本ですっぽかしたんですよ。記念にここで落ち合おうと言い出したのは彼なのに、ひどいと思いません？」

ひぐ、としゃっくりをした次の瞬間、蛍子の眼が据わった。

「子供が病気だなんて、見え透いた嘘をつきやがって。あのはげ豚短小野郎」

「大場さん、旅館を予約していたんでしたよね」

なるみはおそるおそる口を挟んだ。

「そちらで休まれるわけにはいかないんですか。チェックインはもうできますよね？」

「できない」

蛍子は金切り声でまくし立てた。

「あんな旅館、泊まれるわけがないでしょう。二間の和室で、露天の家族風呂がある、別館の離れよ。大人の隠れ家ってやつよ。つまり豪華なの。高いのよ。平日でオフシーズンだからお値打ち料金になっていただけ。あの男の安月給では、ふだんはぜったい泊まれないレベルのお部屋なんだからね。わかる？」

（まずい）

押してはいけないスイッチに触れてしまった。なるみは半ば怯えながら頷いた。

「わ、わかります」

「あんなところ、ひとりでいたらみじめ過ぎる。きれいで、広くて、贅沢で。わかるでしょう？」

「わかりますとも」

だから面当てに、きたなくて狭くて貧乏くさいひかげ旅館に駆け込んだというわけだ。

「思い出の旅館に来て、おかみさんに会ってから帰るの。そう決めたの」

「お客さんはそのように決められたかもしれませんが、私どもでは」

背後から天藤が言いかけるのを無視して、蛍子はなるみの腕を摑んだ。

「有村さん、見てくれる？」

「なにをです？」

「去年、この旅館の前で彼と写真を撮ったの」

（見たくないなあ、そんなもの）

だが、蛍子の次のひと言で気持ちが変わった。

「おかみさんも一緒に写っているのよ」

なるみから手を離すと、蛍子は天藤を指差した。

「シャッターを押したのは、あそこの感じ悪いあいつ」

感じ悪いと決めつけられた天藤は、処置なしといった風に立ち尽くしている。蛍子は、ショルダーバッグから携帯電話を取り出し、いじりはじめた。

「ええい。畜生、なかなか出て来ない」

「なにも無理に探さなくてもいいじゃないですか」

天藤が無表情に歩み寄ってきた。

「ご休憩ですね。すぐにお部屋をご用意します。積もるお話は、そのあとでいかがでしょうか。お客さんも、だいぶお疲れのようです」

おや、となるみは首を傾げた。風向きが急に変わった。今しがたまで蛍子を追い返そうとしていたのではなかったか。

「疲れてなんかいない」

蛍子は液晶画面をにらみつけ、一心に指先を動かしている。

「さっそくお部屋をご用意します」

台所ののれんの前で小さなポットと伏せた湯呑を盆に載せて突っ立っていた源五郎に、天藤が命令した。

「応接間にお茶を置いて、『花の間』の窓を開けて来なさい」

「無理だ」

源五郎は即答した。

「それどころじゃない。この結果を見届けてからだな」

「行け」

天藤が叱りつけると同時に、勝ち誇った声が上がった。

「あったわ。ほら」

蛍子はなるみの眼の前に画面を突きつけた。

「彼と私」

金色に黒縞の痛々しい建物を背に、満面の笑みを浮かべた蛍子。顔の半分くらいしか笑っていない小ぶとりの男。

（蛍子さん、あまり面食いではないのだな。髪も薄い）

もうひとつ、なにかを言っていたようだがそれは写真ではわからない。

（わかりたくもないけど）

そして、なるみは見た。

二人の横に、藤色の和服姿でにっこり笑うひと。

「ここの、わけありのおかみさん」

なるみの咽喉の奥が、ひいっと鳴った。

（お父さん）

「お嬢さん？」

凍りついてしまったなるみに、天藤が気遣わしげな声をかけた。

「大丈夫ですか？」

（大丈夫なわけがないでしょ）

「ちちは」なるみの声は、裏返っていた。「へ、変態だったんですね」

「父？」

蛍子が訝しげに眉を寄せる。

「何の話？」

「変態ではありません。立派な人物です。いや、でした」

天藤はきっぱりと言いきった。

「ただ、毎日、女性の服装をし、お化粧をし、おかみさん、と皆から呼ばれていただけです」

蛍子の眉がさらに寄せられた。

「それを変態っていうんじゃないの？」

「変態じゃないよ」

答えたのは源五郎だった。

「ただの女装愛好家。中身は普通の男だって、おかみさんは言っていた」

「ふつう？」蛍子があきれ声を出した。「普通ってことはないでしょ」

「源五郎、これが最後だからな」

天藤が、押し殺した声を出した。

「花の間の」

「窓を開けて、蒲団を敷いて来るんだな。へいへい、わかった」

さすがに空気を悟ったらしく、今度は源五郎も機敏に動いた。土間から廊下に駆け上がって、階段をとんとんぎしぎしぎし上っていく。

ぎしぎし、ことこと。

なるみは源五郎が二階で動いている音だけを聞いていた。あまりのなりゆきに、思考も感情もついていかないのだ。

「ねえ、あのおかまのおかみさんがどうしたっていうの？」

蛍子の問いに答えたのは、天藤ではなかった。

「おかまではありません。女装愛好家です」

なるみははっと顔を上げた。いつの間にか、新たな人物がこの場に加わっている。がっしりした白髪の男である。

「水橋は、ごく子供のころから、こっそりお母さんの着物を着たり、化粧道具を使ったりするのが好きだったそうです」

「蝗沢先生です」天藤が紹介した。「蝗沢先生、有村なるみさんです」

「水橋は、いい友だちでした」

なるみに軽く会釈をしてから、蝗沢弁護士は話を続けた。

「おとこ気があって、面倒見のいい、胆の大きなやつでした。子供のころから、僕は彼に何度助けられたかわからない。いつだって相談に乗ってくれたし、支えになってくれた」

（わたしも、お父さんが相談相手だったし、ずっと助けられてきた）

「ただ、女のなりをしていた方が落ち着くし、自分らしくのびのびできると言っていました。そこだけが他人とは変わっていた」

本格的に目覚めたのは、高校二年生のときだったと、蝗沢は言った。学校の文化祭で、シェイクスピアの『じゃじゃ馬ならし』を上演した。男子校だったため、父親が女主人公のキャサリン役を演じたのだった。

「確かに名演でした」

やがて東京の大学に進学し、この町を離れた。苦学生だった父親は、おかまクラブのアルバイトをしながら大学を卒業した。

「若い時分は、当人もひどく悩んでいたんです。母ひとり子ひとりで、おふくろさんを失望させたくはなかったんでしょう」

「…………」

おばあちゃん。なるみの記憶にも、うっすらとだけ残っている祖母。

（おばあちゃんは、わたしにお人形を贈ってくれた。それだけに終わった、寂しい結びつき）

「まっとうな男性として生きようとは、していました」

（だから、お母さんと結婚したのだろうか。そして、結局はうまくいかなかった？）

「離婚に至った大きな理由は、おふくろさんを亡くして、この宿を継ぐことに決めたからだ、と聞いています」

なるみの心の声が聞こえたかのように、蝗沢が言った。

「あなたのおかあさんに、打ち明けたのだそうです。家業を継ぎたい。それも、おふくろさんのような、美人おかみとして、と」

「びじん？」

「いやそれは」

蝗沢が咳払いをした。

「あくまでも、水橋の希望としては、ということです」

母親は、父親の性癖を知っていたに違いないと、なるみは直感した。

（だからこそよけいに、わたしとお父さんを引き離そうとしたのだ）

「おかみさん、水橋さんは、お母さんが亡くなって、この宿を継ぐと決めたときから、ありのままの自分の姿で生きることに決めたのだそうです」

天藤が遠慮がちに言葉を添えた。

「男の服装に戻るのは、年に一度、お嬢さんに送る写真を撮るときだけでした」

「お嬢さんには、自分の本性を隠す。それが離婚の条件のひとつであったそうです。それに、さすがの彼にも、お嬢さんにありのままの自分をさらけ出す勇気はなかったんでしょう」

蝗沢が、ゆっくりと首を横に振った。

「たったひとりのお嬢さんを傷つけたくはないし、拒絶されたくはない。そう思うのは、当然です。天藤君」

蝗沢の眼つきが厳しくなった。

「どうしてすぐに事情を明かしてしまったんだ。この土地に来てもらうからには、どうせ隠しおおせはしない。それは仕方がないにせよ、水橋の死を知ったばかりで、お嬢さんも動揺している。今日のところはすべてを明かさずに、ひとまず手紙だけを渡す。いずれ、お嬢さんの気持ちが落ち着いたところで話をしよう。そう決めたのではなかったかね？」

ぴしりぴしりと決めつける。天藤がうなだれた。

「水橋だって、それがあるから、四十九日が過ぎてほとぼりが冷めるのを待て、と言い遺したんじゃないか」

「天藤さんは悪くありません」

なるみは思わず弁護側にまわっていた。

「わたしには知らせないように、気を遣ってくださっていました」

「そうですか」

蝗沢の眼が、もの問いたげに細められた。

では、なぜあなたは水橋の正体を知ってしまったのですか？

「ねえ」

蛍子がなるみの肘をつついた。

「何なの。何の話をしているわけ、さっきから?」

(お前だよ)

この場に蛍子が飛び込んで来たから。いや、つまりは、なるみがこの酔っ払いを呼び込んでしまったせいなのだ。天藤に責任はない。

「いろいろ混乱なさっているとは思いますが」

蝗沢が、手提げ鞄から白い封筒を取り出した。

「水橋からの手紙です。どうか読んでやってください」

「……はい」

なるみは蝗沢から手紙を受け取った。封を剝がしたとき、薬くさいような匂いが漂った気がした。

三つに折りたたまれた便箋を取り出し、開いた。いつもの手紙と同じ、細いサインペンで書かれた文章。しかし、そこに並んでいたのは、これまで見たことがないほど、ひどく震えて、判読しにくい文字だった。

「自分が筆記する、とも言ったんです」

天藤が言った。

「けれど、おかみさんは、どうしてもこれだけは書いておくと、ペンを放さなかったんです」

「だから何度も訊いてるじゃない」

蛍子が苛立ったように言った。

「おかみさんがどうしたのよ?」

沈黙。

「ねえ、あのおかみさん、どうしたっての?」

なるみはのろのろと口を開けた。

「死んじゃいました」

かすれ声になっていた。

「へえ」

蛍子は呆気にとられたようだった。

「本当に死んじゃったの? 一年前はあんなに元気そうだったのに」

「一年あれば、いろいろなことが起こりますよ」

蝗沢が言った。

「一寸先のことなんて、誰にもわかりはしないんです。昨日と同じ日が、今日も来るとは限らない」

(本当にそうだ)

昨日と同じような日が、いつまでも続くと信じていた。すべてを明日に先送りして来た。今じゃなくても、いつかは会えると高をくくっていた。

だが、そんなことはない。昨日は終わる。そして、予想もしなかった今日という日が来てしまう。

元気だったはずの父親は、いつかいつかと思ううち病に斃れてしまったし、雄彦は他の女のひとに心を移した。

そうだ、今、はっきりとわかった。

(あのひとは、わたしじゃない女に、恋をしている)

「昨日までとは違うんです。もう」

なるみは大声を上げて泣き出していた。

*

手紙に書かれていたのは、たった一行だった。

〈つらいことがあるのなら、いつでもひかげ旅館へいらっしゃい〉

終章・ふたたび朝

ごとん。

風で、窓が揺れた。

前日はあれから、蝗沢先生がタクシーを手配して市営墓地へ連れていってくれた。もともとは天藤が自動車を出してくれる予定であったらしいのだが、蛍子が花の間に入ったせいで動けなくなったのだ。

墓参りを済ませたあと、ひかげ旅館に戻った。蝗沢先生は出張先に発った。

蛍子は花の間で三時間寝てから、最終の特急に乗ると言って出ていった。

天藤と源五郎とは、帳場のある応接室で、一緒に食事をした。鮨が出た。店屋物ではなく、天藤が握ったのだという。ひかげ旅館へ来る前は、鮨屋で働いていたのだということを、そのとき教えられた。

それから、襖を隔てた奥の間に寝かされた。父親の私室だった八畳間だ。和箪笥が三つ並んでいる。父親は衣装持ちだったのだなと思って、妙な気持ちになる。まだ事態に慣れきったというわけにはいかない。

夜のあいだ、風が窓を揺らす音を長いこと聞いていた気がするのに、いつか眠りに落ちていた。

朝が来た。

顔を洗った。歯を磨いた。化粧も薄く済ませた。これから、台所で働いている天藤に、自らの決意を告げなくてはならない。

考えなかったことを、ゆっくり考える必要がある。もう、気持ちの整理を助けてくれる父親はいないのだから。

——わたしをしばらくここに置いてください。父の遺言に甘えさせてくれませんか？

もうひとつ。

お嬢さんと呼ぶのはやめてほしい。それも言おう。

ごとごと。

窓が揺れている。

ごとごと、ごとごと。風が窓を揺らす。目覚めのときほど強くはなく、さあ行け、さあ行けと、なるみの決意を後押ししてくれる。

昨日、駅のホームで見送った鈍行電車のように、雄彦の背中が遠くなっていくのが見えた気がした。

七年間、乗って来た電車。

(たった今、わたしはここに降ろされたんだ)

すんなりそう思えた。

この先、どうなるかはわからない。けれど現在、ひかげ旅館以外に、なるみがいるべき場所はなかった。

第二話

月の間

一

「ご家族で、今夜から？」

電話に出たなるみの声が、ぱっと明るくなった。

「はい。ひぐらしさまですね。お日さまの日に、暮れるの暮」

ひかげ旅館に滞在して、ちょうど五日目の朝である。

「ご夫婦にお子さんふたり、四人でご予約ということでよろしいですね」

天藤と源五郎が、箸を止めてなるみを見ている。

焼鮭の切り身に焼き海苔、生たまごにごはんに味噌汁。お客さんはいなくとも、毎朝こういった献立である。

（これぞ和風旅館の正しい朝食、ですよね）

最初の朝、なるみが思わず口にすると、天藤は静かに眼を伏せた。

——実のところ、客室が四つしかないひかげ旅館は、正式には民宿に分類されます。旅館というのは名称だけなのです。

「何時ごろ駅に到着のご予定か、おわかりになりますか？」

源五郎はぎらぎらと眼を輝かせ、好奇心ではちきれそうな様子をしている。が、天藤は眉ひとつ動かさず、背筋をのばして端座しているのみだった。整った顔立ちをしているものの、表情の変化に乏しい男なのだ。顔だけ見ていると、感情の起伏がほとんどわからない。

ロボットと話をしているみたいだろう？　源五郎がにやにやしながらなるみに言った。おかみさんは、人造人間テンドーという渾名をつけていたよ。

（人造人間テンドー。確かにな。お父さん、うまい）

つい吹き出しかけて、慌てて眼をそむける。

「駅から、こちらまでの道ですか？」

（いくらお父さんの経営する宿屋であったとはいえ、ただ居候をするわけにはいかない。どうせ厄介になるのなら、ひかげ旅館の役に立ちたい）

なるみはそう決心していた。そして、いいですよ自分がやりますからと、半ば迷惑げに言う天藤を押しきって、客室に掃除機をかけ廊下を雑巾でこすり風呂場を磨き上げ、蒲団乾しだ洗濯だと家じゅうくるくる動きまわった。

ところがこの週末は、ひとりのお客もなかったのである。さすがになるみのやる気も萎えて来た。

天藤の方は泰然と構えていた。

――今の時期は、こんなものです。焦っても仕方がありません。

そして、出稼ぎに行って来ると言い残し、外へ出かけてしまったのだった。

「わかりました。でしたらその時間に、こちらから駅までお迎えに上がります」

なるみが気をまわしたのは、案内所のおばさんの存在を思い出したからだ。あそこでおばさんにうっかり道を訊ねて、やはり泊まるのはよそう、と変心されたら、大事《こと》だ。

逃がさないよ、日暮さん。

「お待ちしています、日暮さん」

穏やかに言って電話を切る。源五郎が身を乗り出した。

「おれが迎えに行こうか」

「いいから、早く食事を済ませなさい」

源五郎を制してから、天藤はなるみに顔を向けた。

「ご予約ですね？」

「四人さま、一泊のご予定です」

なるみはうきうきと答える。天藤がかすかに眉をひそめた。

「この時期に、家族旅行ですか」

「おかしいよな」

源五郎が口を出した。

「夏休み前だし、今日は月曜日だし」

「お前は気にしなくてもいい」天藤がたしなめた。「急ぎなさい。学校に遅れる」

（せっかくお客さんが来るというのに、今ひとつ反応がにぶいなあ）

「ひょっとして、今日も出稼ぎですか？」

天藤は無言で頷いた。

出稼ぎ、というのは、天藤の説明によれば、よその割烹店や旅館の厨房へ手伝いに行くことだった。

——この不況の折、どこもぎりぎりの人数でやっていますからね。板前が急に休んだりして手が足りないとき、ちょくちょく頼まれるんです。

要は、日雇いのアルバイトだ。唯一の専従者がそんなことをせねばならぬほど、ひかげ旅館は暇なのである。

「しかし、こうしてご予約が入ったのですから、午後にいったん帰ってきて、夜食の準備はします」

源五郎から聞いたところでは、ひかげ旅館の献立は、ごく普通の家庭料理であるようだ。たいがいは刺身が二種類、野菜の天ぷら、肉料理ひと皿、和え物か酢の物、そして味噌汁にごはんといったところ。したがって、なるみにも作れる。もと鮨職人の手を煩わせるまでもないのだが、他の手伝いはさせてくれる天藤も、台所だけは譲る気がなさそうだ。

「でも、部屋に食事をお出しするのは」

「わたしがします」なるみは勢い込んで、言った。「お手伝いさせてください」

「おれも手伝う」

「源五郎、早く学校へ行きなさい」

「でも、お嬢ちゃんひとりじゃ大変だろう。はじめてで、なにをすればいいかわからないだろうし」

（お嬢ちゃん、か）

なるみの頬はひくついた。その呼び方はやめろと何度か言っているのだが、源五郎はまったく直してくれる気配がない。

「気にしないで学校へ行ってちょうだい、源五郎くん。わたしはいいから」

「そう？」

「そうだ」

応じたのは、天藤である。

「お嬢さんは、おとなだ。ひとりでできる」

なるみは内心、嘆息した。天藤もまた、呼び方を改めてくれないのだ。

「へいへい、了解」

源五郎は立ち上がった。

「ごちそうさまでござんした。では、行ってまいりやす」

（お嬢ちゃん、いつまでここにいるんだろう）

ひかげ旅館を出て、すぐ前の舗道を歩き出しながら、源五郎は考えていた。

（はじめから、こうなると思っていたんだ。わかっていた。みんな同じなんだ）

うちは排水口みたいなもんだよ、とおかみさんはよく言っていた。

「世間さまから流れて流されて、最後にここで引っかかる。ひかげ旅館は、そういうめぐり合わせの場所なんだよ」

「おれは、ごみ？」

源五郎は、頬をふくらませた。源五郎には、両親がいない。いや、いるにはいるのだが、母親は源五郎が物心つく前にいなくなったし、父親とも五年前に別れたきりだ。

「引っかかるのは、ごみばかりとは限らんで」

おかみさんはからからと笑った。

「うっかり者がつい流してまった、思わぬ貴重品ということもあるがね」

（だけど、父ちゃんや母ちゃんにとって、おれが貴重品だったってことはないな）

けれど、おかみさんも天藤も、源五郎が生まれたときからずっと、このひかげ旅館にいたみたいに扱ってくれている、だから、源五郎も、そういった思いを、ふだんは忘れたふりをしている。

（胆のうちはどうあっても、顔で笑って、な）

——それが男の心意気よ。

おかみさんだって、そう力づけてくれるに違いないと思う。

源五郎は、病院の手前で左に曲がり、細い路地に入った。それからひとつ目の角ですぐに左折。川原に沿った砂利道を、ひかげ旅館へUターンである。天藤の手前は家を出たものの、学校へ行く気は最初からなかった。

(学校へなんか行っている場合じゃない)

なるみひとりでは心配だ。手助けをしなくてはなるまい。

ひかげ旅館の裏手に出て、自分の背より少し低いくらいのコンクリートブロック塀をよじのぼる。

隣りの庭で、ゴムホースを手に佇んでいるせみのゆの主人と視線が合った。

「せみのゆさん、おはようございます」

源五郎は塀の上から声をかけた。

「お前はいつも、挨拶だけはしっかりしとる。そこは感心だ」

せみのゆ老が頷いた。

「おかみさんの教育のたまものでござんす」

「しかし、場所も状況も間違っとる」

せみのゆ老の口調が苦々しくなった。

「そんな高い場所から頭を下げたところで、礼にも何にもなっとらんが」

源五郎は、へへへ、と笑ってみせた。

「毎日ちゃんと学校へ行け、とは教育されんかったのか」

「おかみさんといえども、決して完璧なひとではござんせん」

「ああ言えばこう言う。まったくもってへんな教育を施したもんだで」

せみのゆ老はくちなしの低木の根もとへ水をかけはじめた。

「しかも、敬語がえらい時代錯誤と来とる」

白い花が開き出していて、甘い、それでいて刺すほどに強い香りがほのかに漂ってくる。源五郎は塀から風呂場の屋根へ上がると、物干台の錆びた鉄の柵につかまり、ひょいと乗り越えた。運動神経はよくない方だが、これぐらいの軽業はできる。

物干台からは、ゆるゆる流れる大きな川が見渡せた。

（おれは問題児なのだろうな）

自覚はある。学校へ行っても、給食の時間までの辛抱ができたことがない。教室で先生の話を黙ってじっと聞いているのも、運動場で走るのも、ピアノ伴奏に合わせて歌ったりするのも苦痛なのだ。

みんなで一緒に行動する。そのことが、吐き気を催すほどつらくてならない。

一年生のとき、担任だった山内麻由美先生は、とても心配してくれた。そして、保護者であるおかみさんを学校へ呼び出した。

（暴挙だったよなあ）

当日、おかみさんは、レモンイエローの生地にゴールドの豹柄という、途方もないデザインのパンツスーツを身につけたのである。

「どう思う?」

問われて、天藤は即答した。

「やはり、自分が行きます」

そんなこともあろうと思って、入学式には天藤が代理で出席していたのだ。しかし、今回は学校側との話し合いである。源五郎という児童が抱える現実すべてを正直にさらけ出した方がいいのだと主張して、おかみさんはさっそうと学校へ出向いた。

「若いのに、行き届いた、いい先生だったわ」

帰ってきたおかみさんはにこにこと言った。

「可愛らしい顔をがちがちにこわばらせて、お前のことを気に病んどった」

(それはおれが理由じゃない。保護者に原因があるんだよ)

山内先生は、入学式と同じく天藤が来るものと決め込んでいたに相違ない。心の準備ができていなかったのであろう。

「ある種の人間にとって、群れに順応するのは簡単なことじゃないんだで」

きっとお前もそうなんだろうと、おかみさんは言った。

「群れに馴染めん自分に慣れて、自分自身を飼い慣らしていくこと。それしかできんのだわ。だから、せいぜい山内先生の顔を立ててやるつもりで、できる範囲の辛抱をするしかない」

「…………」

「大人になれば、自由になれる。それまでの辛抱だって」

「おかみさんみたいに？」

「そう。私みたいに、他人から嗤われて生きる自由だってある」

（おれだって、できる範囲のことは、した）

けれど、やはり五時間目までいられることは、稀だった。山内先生も、その後はおかみさんを呼ぶことはなかった。三年四年と担任だった蜂谷先生も、今の担任の雲井先生も、源五郎のことは気にしていない。そういう子なのだと、あきらめたみたいだ。

（いや、単純に、おかみさんをもう学校へは呼びたくないと考えたのかもしれないけどな）

それはそうだろう。おかみさんは見るからに、学校側としては関わり合いたくない種類の人間だった。

（いつになったら、おれは自分を飼い慣らせるんだろう？）

おかみさんに聞かせてもらったおとぎ話の主人公みたいに、学校なんか行かないで、このまま大人に混じって生きていけないものだろうか。

（いつになったら、おかみさんみたいに、無理をしないで生きられるようになるんだろう？）

（いつになったら）

ひかげ旅館の一階は、小さな中庭のあるロの字型である。というより、L字を三つ、ひとつは逆さまにして、互い違いに組み合わせたかたちといった方がいいかもしれない。

逆さまにしたLの縦線に当たるのが、入口から続く細長い土間。奥は台所で、天井は吹き抜けになっている。横線は風呂場と脱衣所である。

真ん中のLは、廊下である。縦線部分からは、ガラス越しに中庭が見える。横線部分は少し太く、半分は土間に続く廊下、半分は二階へ続く階段である。

三つ目のLは、廊下に沿っている。縦線がトイレ、物置、天藤の居室。横線はおかみさんの私室と帳場兼応接間という構造である。

二階はすべて客室である。三つ目のLの横棒部分に四間並んでいる。右から順に、星の間、雪の間、月の間、花の間と、宝塚歌劇のような名がつけられているのは、先代おかみの趣味らしい。満室になれば天藤の居室を明け渡し、「宙《そら》の間」と呼ぶしかないとおかみさんは言っていたが、四つの部屋がみんな塞がることは、源五郎の知るかぎりは一年にいっぺん、秋から冬にかけてあるかないかだ。宙の間が登場したことは、一度もない。

廊下を挟んで客用トイレ。トイレ横の踊場には、洗濯機が置かれ、三畳ほどの物干台へ続く階段がある。中庭部分や台所の上部が開いているので、全体に一階の三分の二ほどの面積しかない。

おかみさんが生きているとき、源五郎はおかみさんの私室で寝起きしていた。だから、おかみさんが夜中、よく咳込むようになったことは、はやくから気付いていた。

「病院へ行ったら?」

「そんな大げさにせんでもいいがね。風邪をひきこむと長引くのは、若くない、いう証明ってだけで」

「病院へ行きなよ。すぐ近くにあるんだから」

「あんなやぶ。行かん方がましだって」

そのうち、熱も出はじめた。

「病院へ行きましょう」

天藤も真剣に言い出した。

「行かんでいいわ」

「行かなくちゃ駄目だよ」

「あの病院、病人ばっかりおるんだで」

「当たり前です。病院なんですから」

「行ったらかえって病気になってまうで」

わけのわからない理屈をこねてごねるのを、天藤と二人して、引きずるようにして病院へ連れていった。やはり風邪ではなかった。肺炎の疑いありと診断され、すぐに入院が決まった。

入ったのは二人部屋で、おかみさんは窓側のベッドだった。廊下側のベッドはカーテンがしっかり閉ざされていて、姿は見えなかった。だが、老人らしいことは、その咳の感じでわかった。

「ここにおると、あちこちから病気をうつされそうでかなわん」

入院初日、病室で、ピンクのゼブラ柄パジャマを着たおかみさんは元気だった。

「おかみさんだって、病気じゃないか」

「だから、負けずにうつし返したるんだわ」

おかみさんは笑って、また咳込んだ。

「ど、どちらかが、ししし、死ぬまでの勝負だで」

天藤は苦笑していた。「とうてい、勝てそうに見えないですよ」

「おかみさんが死んじゃうよ」

「死んだって、すぐに蘇るがね。生き返って、何としてでも、ひかげ旅館に帰らんと」

ひひひ、と不気味な笑い方をした。

「真夜中に、窓をがたがた鳴らす。源五郎がふと見ると、ガラスに、頬をぴったり押しつけて、帰ってきたぞう、と言う」

源五郎も、ひひひ、と笑ったが、半分は本気で怯えた。

「小便もらすわな、源五郎」

「もらさないよ」

だが、おかみさんの病気は軽くはなかった。急性間質性肺炎、という病名で、その夜から人工呼吸器をつけられた。

一週間も経たないうちに意識を失った。

二

源五郎が、ひかげ旅館で暮らすようになってから、おかみさんは毎晩、おとぎ話を読み聞かせてくれた。

「今夜からは『一寸法師』だがね」

絵本ではなかった。難しそうな文庫本を、自己流に嚙みくだきつつ読んでくれた。

「一寸というのは、だいたい三センチのことだ。このくらいだわな」

言って、指で幅を示してみせる。

「あるところに、もう若くはない夫婦がいた。奥さんは、四十歳になるまで子宝に恵まれなかったので、住吉神社にお詣りして、ようやく子供を授かった。住吉神社って、知っとる？」

「知らない」

「大阪にある。私も一度、初詣に行った。つき合うとった彼女とね」

おかみさんの話は、すぐに脱線をするのだった。

「かのじょ？」

「なにがおかしい？」おかみさんはじろりとにらんでみせた。「私にだって、若い時代はあったんだって」

「おかしくないよ」

（でも、おかしいよな）

「彼女は振袖を着ていた。うらやましかった」おかみさんはうっとりと宙を見た。「私も着たかった」

（ほらね、やっぱりおかしい）

「けど、その当時は、それを口に出す勇気がなかった。もったいないことをしたわ、本当に。若い時代は、二度と還らない。で、何の話だった？」

「いっすんぼうし」

「そうそう、生まれた子供は一寸。だから一寸法師と名付けたわけ。昔の親は、直球勝負だったんだわな」

源五郎は、ひかげ旅館へ来るまで、おとぎ話を聞かせてもらった記憶はなかった。

おとぎ話に限らない。自分の心のうちを聞いてもらうことも、誰かがそれにこたえてくれることも、なかった。

「時は流れ、一寸法師は十二歳になったが、背は三センチのままだった」

だから、おかみさんの型破りなおとぎ話が、毎晩楽しみだった。

ＴＶで時代劇を観るのも大好きだった。それは、ひかげ旅館へ辿り着く前の、唯一の娯楽だったともいえる。けど、画面の中の水戸光圀公や大岡越前守が、源五郎の問いかけに答えてくれることはない。その点、おかみさんは違う。

「親たちは、言い交わした。ただ者にてはあらざれ、ただ化物風情にてこそ候へ」

「どういう意味？」

「普通じゃない、ばけものだ何だのと、自分《てめえ》の子供をけちょんけちょんに罵ったわけ。こういう、親になれない親ってのは、大昔からおったんだわね」

訊ねれば、答えが返ってくる。もっとも、模範解答とはいえない、おかみさん独自の答え方ではある。

「だが、一寸法師は強かった。親にもかやうに思はるるも、口惜しき次第かな、何方へも行かばや」

「何て言ったの？」

「ざっと意訳すれば、こうかな。それでも親かい。でら胸くそ悪い。どこへでも出て行ったるが」

意訳が過ぎたとしても、おかみさんは気にしない。

「そして一寸法師は家を出た。針を刀として腰に差し、お椀の舟、箸を櫂にして、住吉の浦から都を目指して漕ぎ出した」

「渡世人だね」

源五郎は歓声を上げる。

（かっこいい）

「みんなと同じような生まれつきでなくたって、同じようにはできなくったって、一個の人間として生きていけないわけじゃない」

おかみさんは、源五郎の胸のあたりを蒲団の上から軽く叩いた。

「なにごとも、自分の心持ちひとつなんだわ」

物干台から二階へ入り、そっと階下を窺ううち、天藤が出て行く気配がした。

源五郎は足音を忍ばせて、階段を下りていく。しかし、どんなに音を立てないようにしても、足もとの板はみしみしと軋む。

「うん。本気。しばらく時間が欲しいの」

襖を閉めきった帳場の八畳間から、なるみの声が聞こえた。

「いつまでって？　わからない。ただ、今のままじゃいけないと思ったから」

どうやら誰かと電話で話をしているようだ。

「信じていないって？　そうよ。信じていない。だからすぐには帰れないの」

天藤や源五郎の前では出さない、深刻な調子である。

（お嬢ちゃんは大人だからな。いろいろ事情があるんだろう）

「大声を出さないで」

なるみの声が険しくなる。

「なにも、迎えに来てほしいなんて考えていやしない。そんな駆け引きをするほど、あなたに甘えた気持ちは持っちゃいない」

少しの間があった。やがてなるみは断ち切るように言った。

「切るわよ、もう」

襖の向こうが、しん、と静まる。

胸の中でゆっくり十を数えてから、襖を開けた。

「源五郎くん？」

なるみがびっくりした顔を向けた。

「学校は？」

「終わった」

「嘘でしょう。具合でも悪いの？」

「悪くない。だから、テンドーには内緒で」

へへへと笑うと、なるみも仕方なさそうに笑顔を返した。

「そういえば、源五郎くんに訊きたいことがあるの。このあたりに、洋服屋さんはあるかしら？」

「いなごやの二階かな」

「いなごや？」

「スーパーマーケット。駅のすぐ裏にある」

「ありがとう。後で行ってみる」

「着替えを買う気なら、やめておいた方がいいと思うよ」

「どうして？」

「お嬢ちゃんが着られるような服はないからさ。主力商品は千円未満の綿シャツとスウェットパンツ。洗濯をすると赤いTシャツはピンクに変わるし、襟もとも袖口もびろんびろんに伸びる。キャラクター商品はたいがいパチもの。同じクラスの女子たちは、もし母ちゃんがあそこで買って来た服を自分に着せようとしたら、登校拒否をするとまで言いきっている。着替えがないなら、おかみさんのを借りればいいじゃないか」

なるみはうらめしげな眼つきをした。

「無理よ」

「どうして？　ああそうか。大きすぎるのか」

おかみさんは、天藤よりは背が低かったけれど、横幅はわりとふとかった。なるみが着たら、シャツはだぶだぶだろうし、パンツはずり下がるだろう。

「いいえ、サイズの問題じゃなくてね」

「派手すぎる？」

ここ数日を見る限り、なるみの服は黒か紺系統である。おかみさんは、着物は渋好みだったが、洋服はパステルカラーが好きだった。しかも、動物系《アニマル》の柄入りだ。

「確かに趣味は合わないかもなあ。でも、この際だから我慢して着たら？」

「あのね、趣味の問題でもなくてね」

「だったら何だよ、お嬢ちゃん」

なるみは溜息をついた。

「お嬢ちゃんは、やめてくれない？」

「でもさ」

（おかみさんが、そう呼んでいたんだよ）

桃太郎に、金太郎。かちかち山、舌きりすずめ。

おかみさんは、いろいろなおとぎ話を語ってくれたけれど、ことに一寸法師の話は、源五郎から何度もせがんだ。なにか、心に引っかかる話だったからだろう。

「一寸法師は、川を下って都へ着いて、三条の宰相殿の屋敷に入り込んだ」

「三条の宰相殿って、偉いの？」

おかみさんから話を聞いているうちに、源五郎も、疑問に思ったことや、心に浮かんだことを、言葉にするのがうまくなって来た。

「世間的には、偉いんだろう。ただ、社会的地位の高さがそのまま家庭内の円満を意味するとは、まったく言えんわけだわな」

源五郎には難し過ぎる言いまわしの場合もあるが、続きが聞きたいときは、わからないなりに納得するようにする。

「かくて年月送る程に、一寸法師十六になり。十六歳、そろそろむらむら来る年ごろだわな」

「むらむら？」

「助平になるんだ。すけべえに」

源五郎はうひゃひゃひゃひゃと笑った。なぜか、シッコウンコチンコにエロといった下がかった話題になると、そういう笑い声を上げてしまうのである。

「笑いごとでないって。いずれはお前もそうなるよ、源五郎」

「ならないよ」

「いいや、なる」おかみさんは確信ありげだった。「保証したるが」

「ならないってば」

「なる。ここで女が登場する。さる程に宰相殿に、十三にならせ給ふ姫君おはします。三つ下の可愛い女の子が出てきたで。どうするよ？」

「おれ、女は嫌いだもの」

源五郎にとって、女とは、ゲンゴロウなんて名前がおかしいとか、まるまるふとっているとかいう理由で、くすくす笑って、こそこそ話す、底意地の悪い存在である。しかも、ひとりひとりは男よりずっと強いくせに、泣くときは集団で泣く。

（不気味なやつらだ）

「私だって、子供のころはそうだった。でもなぜか、すけべぇの道は別なんだわ」

「テンドーもそうかな？」

「天藤君もそうだ」

「人造人間でも？」

「この道は別だわ」

本人のいないところで、勝手に言いきられる。天藤こそいい面の皮だった。

「男はそうだ。ことに私のお嬢ちゃんみたいに可愛い子だったら、好きにならずにはいられんだろう」

　おかみさんは、遠い眼をした。

「だからさっさとお嫁にさらわれてしまったんだ」

「お嬢ちゃん、可愛いかな？」

「決まっとる。可愛いがね。写真を見せてやっただろう？」

　写真は見た。しかし源五郎からすれば、お嬢ちゃんは大人である。可愛いとは感じない。

「おかみさんはオヤバカだな」

「いいや。むしろバカオヤだ」

「どう違うの？」

「話の続きを聞けばわかる。お姫さまと仲良くなりたい一寸法師は策を練った。ある日、寝ている姫君の口におやつの米をなすりつけ、嘘泣きをして宰相殿に言いつけた。姫さまが僕の米を盗み食いしました」

「嘘をついたの？」

「そう。犯罪の捏造をしたんだわ」

「悪いやつだな、一寸法師」

「そうだ。悪いやつなんだ、こいつは。けれど、宰相殿はもっと悪い。一寸法師の言いぶんを聞いて、こう言った。かかる者を都に置きて何かせん、いかにも失ふべし」

「何だって？」

「このような手癖の悪い娘は都に置いておけない。棄てちまえ」

「ひどいね。お姫さまは悪くないのに」

こんな単純な偽装工作にころりと騙されるなんて、宰相殿は本当に偉いのだろうか。源五郎は、義憤を覚えた。

「一寸法師の親と一緒だ」

「自分の期待しているような娘ではないと思った途端、あっさり手を離したわけだわな」

（何なんだ、このおやじは）

「本当にそうだ」

「お姫さまも、こんな家、出ちゃった方がましだよ」

「だから、バカオヤなんだ」

おかみさんは寂しげに言った。

「私と同じだ」

「………………」

でも、おかみさんは、お嬢ちゃんを棄てたわけじゃない。

（おれの親とは、違う）

三

予約のお客さん、日暮一家は、二時二十分の各駅電車で虎立温泉駅に到着するという。源五郎が迎えに行った。

駅には、二時十七分に着いた。コンクリート造りではあるが、屋根に黒い瓦を戴いている、一階建ての小さな駅舎である。改札口から相対式のホームを見わたす。窓口の中にいる駅長の桑形さんが声をかけて来た。

「源五郎か」

「おじさん、こんにちは」

桑形さんとは、源五郎が虎立温泉へ来て以来の顔なじみなのである。

「学校はどうした？」

「学級閉鎖」

「嘘つけ。お前だけ、自主的に閉鎖しとるんだろう」

向かいのホームに電車が着いて、十人ほどの乗客がばらばらと降りる。親子連れの姿はすぐ眼に留まった。

跨線橋を渡り、改札を出てくるのを待って、声をかける。

「ええと、ひぐらしさんでございますか？」

自信のない問いかけになったのは、四人と聞いていたのに、三人しかいなかったからである。

「ひかげ旅館さん？」

応じたのは、痩せた四十男だった。

「日暮です。君は、宿の息子さん？」

源五郎は、へへへへと笑って誤魔化した。そこを正確に説明すれば、面倒くさいことになる。

「お家業《うち》の手伝いをしているのか。偉いねえ。何年生？」

「はばかりながら」源五郎は小腰をかがめた。「小学校五年生でござんす」

「うちは、お姉ちゃんが三年生で、弟は保育園の年長だよ」

日暮は、傍にいる女の子と男の子を見返って、言った。

「こんにちは」

源五郎は、声を張り上げた。男の子は恥ずかしげに笑って下を向き、女の子は気のない黙礼を返した。

（不機嫌そうなむすめだな。ずいぶんきつい眼をしている）

「では、行きましょうか」

日暮のおやじが歩き出そうとする。

「あのう、みなさんおそろいでござんすか。四人と聞いておりましたが」

「その予定だったんだけどね。途中でちょっと、状況が変わってしまって」

「さようでござんすか」

（夫婦喧嘩でもしたのかな。だから姉むすめがどこかぎすぎす角立っているのか。とにかく、あんまり愉しそうな家族旅行じゃない）

「ひとが少ないね」

日暮のおやじは明るく話しかける。いくぶん、無理に明るさを作っているような感がある。

「今の時期は、ちょうど観光シーズンを外れておりますもので」

「昨日は、どこもいっぱいひとがいたよね、パパ」

真後ろを歩いているむすこが口を出した。

「ははあ、日曜日だからでございますね」

源五郎はもっともらしく頷いてみせた。

「うちの宿も、それなりに動きが」

（なかったけどな。まあ、いちおうはこう言っておかなくちゃ）


一寸法師の話を教えてやろうか。

言うと、日暮のむすこは、ありありと落胆した。

「そんな話、もう知っているから、いい」

「いいや、なにも知っちゃいないよ、お前は」

源五郎は冷笑した。

「お前が知っているのは、子供向けに改変された、すかすかの出しがらに過ぎないんだよ」

「へえ？」

むすこの眼に、ちょっと畏敬の念が混じった、ように源五郎は思った。

「本当の話は、違うの？」

「今からそれを教えてやるって言っているんだ」

ひかげ旅館にチェックインした日暮一家は、月の間に通した。

星雪月花、床の間と押入れの位置によって互い違いになってはいるが、おおむねどの部屋も同じ造りだ。六畳間に床の間。二組の敷蒲団に枕に掛布団、毛布二枚が入った押入れ。ちゃぶ台にＴＶ。ぺらぺらのウレタン芯の座蒲団が四枚。

部屋に入ったかと思うと、すぐに日暮一家は町を見てくると言い残して出かけていった。が、一時間経つか経たないかのうちに、三人はひかげ旅館に引き上げてきた。

「お帰りなさい。お早いですね」

なるみが声をかけると、姉むすめがぶっきらぼうに返した。

「ここの温泉街、なにもなくてつまらない」

日暮は申しわけなさそうに薄笑いをしていた。

それから日暮のおやじと姉むすめは部屋にこもってＴＶを流している。会話も笑い声もしない。

控えい控えい、控えおろう。この紋所が眼に入らぬか。

助さんも格さんも、もうそのへんでいいでしょう。

再放送の時代劇の音楽と台詞が漏れてくる以外は、ひっそりとしている。

「家族旅行失敗の巻だな」

源五郎が言うと、なるみがたしなめた。

「お客さまのことを、そんな風に言っては駄目」

駄目と言ったって、事実は明白だ。見よ。日暮のむすこは一階に降りてきて、廊下を行ったり来たり、いかにも所在なげにしている。のしかかる空気の重みに耐えかねたに決まっている。夕食を出すまでは、まだ時間がある。こいつぐらいは愉しませてやろうと考えた。そして物置に置いてある本棚から、よれよれの文庫本を取り出してきて、頁を開いた。

「読めるの？」

むすこが訊いた。眼にはますます尊敬色が濃くなった、気がする。

「読める」

小学校へ上がってからは、自分でも本を手に取ることを覚えた。学校へ行かないときも、物干台や物置で寝そべりながら、教科書や本を読んで時間を潰している。だから、今ではたくさんの漢字を読めるようになっている。

おかみさんから何度も繰りかえし話を聞いていたから、難しい本だって読める。


「一寸法師はお姫さまを連れ、難波の浦へ行こうとして、鳥羽の津から舟に乗った」

「その舟って、誰が漕いだの？」

おかみさんは、虚をつかれたようだった。

「それは。……誰だろうねえ？」

「お姫さまも一緒に乗っていたんだろう。だったら大きな舟だよね。一寸法師に漕げるわけはないよ」

「言われてみりゃ、そうだわな。よく気がついたな、源五郎」

源五郎はへへへと照れ笑いをした。

「そうだ。わかった。お姫さまが漕いだんだわ」

「お姫さま、舟なんか漕げるの？」

おかみさんに連れられて名古屋へ行った際、東山公園の池で手漕ぎボートに乗ったことがあった。源五郎もオールを持たせてもらったが、重すぎて思うように操れなかったのである。

「漕げるようになった、ということだわなあ」

おかみさんのオールさばきは、見事だった。こうするんだ、と笑いながら、周囲に浮かぶピンクや水色のスワン型ペダルボートのあいだをすり抜け、水の上をぎいぎい滑走した。

「一寸法師と家出をしてから、お姫さまもいろいろ経験を積まされたんだろう」

（可哀想に。一寸法師はもともと性質のいい男じゃない。家出のきっかけも、犯罪のでっち上げだしな）

「こういう男が女に親切なのは、口説き落とすまでのあいだだけ。そのあとはもう、働かせるだけ働かせて、搾れるだけ搾り取る」

「違う。それ」

鋭い声に遮られた。

「ぜんぜん一寸法師じゃない」

日暮の姉むすめだった。いつの間にか傍に来ていたらしい。

「あたしの知っている話とは違う」

源五郎は動じなかった。

「違うのは、そっちだ。おれの方が本当なんだ」

「そんなこと、どうして言いきれるのよ」

「お前が読んだのは、ひらがなばかりで、アニメーションみたいな絵が描かれている、赤ちゃん向けのオハナシだろう?」

姉むすめは、ぐっと詰まった。

「おれが読んでいるのは、大人向けの本だ」

手にしている文庫本を軽く持ち上げ、表紙を指で弾いてみせた。

「甘やかされたお子さまご用達の絵本とは、モノが違うんだよ」


一寸法師とお姫さまが舟で渡った先には、鬼がいた。

「鬼二人来りて、一人は打出の小槌を持ち。打出の小槌の登場だよ。もともと、これがあるのを知っていて、一寸法師はこの島を目指したんだろう」

「どうして?」

「打出の小槌があれば、望みがかなうからね。一寸法師は、とにかく大きくなりたかったんだわ。さすがに三センチじゃ、お姫さまと本当の意味での夫婦にはなれないもんで」

「どうして？」

「どうしてって」

おかみさんは、少し考えたのち、言った。

「小さすぎて、一緒に蒲団に入ったとき、お姫さまが寝返りでも打っただけで潰されてまう」

（違うな）

源五郎にはぴんと来た。おかみさんは誤魔化している。

（そんな理由じゃないな）

「一寸法師から見たら、お姫さまは高層ビルか怪獣みたいに大きいんだわ」

いくぶん苦しげに続けてから、ふと思いかえしたように言った。

「昔、東京で、巨乳山脈という映画の看板を見かけたけど、まさかねえ」

よくわからぬなりに、源五郎はうひゃひゃひゃと笑った。

「鬼たちは、一寸法師とお姫さまを見て言う。『呑みてあの女房取り候はん』。一寸法師は飲んじゃって、あの女を戴こうという。やつら、まるきり犯罪者だわね。相手は十三歳の女の子なのに」

「だから鬼なんだ」

「本当にそう。鬼畜だわなあ。もっとも、そのへんは一寸法師も計算の上だったろう」

「一寸法師も、悪いやつだから？」

「そう。最初《はな》からお姫さまを利用して、鬼をおびき寄せる魂胆だったに違いない。美人局をしようとしたんだわな」

「つつもたせ？」

「普段はまるでさえない野郎に女の子がすり寄ってきたら、間違いなく裏があるから用心しろってことだわ」

なるほど。源五郎は納得する。

（おかみさんの話は、実にためになる）

「一寸法師は鬼に呑まれた。そして鬼の体内を荒らしまくった。鬼は一寸法師を丸呑みしたわけだ。飲みこむ前に、よーく噛んでおけば、みんなの運命が変わっていただろうに」

「一寸法師は死んじゃうよ」

「だが、そうしておけば、鬼の方は無傷で済んだ」

「お姫さまは、どうなるの？」

「隙を見て、また舟を漕いで逃げればいいんだで。一寸法師といい鬼といい、こうも周囲にろくでもない男ばかりが揃っていてはね。いくらお姫さまだって、自分の運命は自分で切りひらかなかんわ」

おかみさんは、すました顔で言った。

「だからお前も、食べ物はよく噛んで食べること」

妙なところで、日常的な説教になるのだった。

「鬼もおぢをののきて、打出の小槌、杖、笞、何にいたるまでうち捨てて、極楽浄土のいぬゐの、いかにも暗き所へ、やうやう逃げにけり。つまり、鬼は死んで、一寸法師はやつらの持ち物を手に入れた」

「一寸法師は強盗殺人犯だね」

「ひどい」

姉むすめは、憤慨した様子だった。

「残酷で、いやらしくて、ひどい話」

ぷい、と、階段を駆け上がって行ってしまった。

「姉ちゃん、きついな」

源五郎が言うと、むすこはえへへと笑った。

「きつい」

「お前、家はどこだよ」

「せと」

「いつから旅行しているわけ?」

「土曜日」

「真っ直ぐここへ来たのか。そんなわけないよな?」

「うん。はじめはディズニーランドに」

「関東に行ってから、わざわざ虎立温泉に来たの？」

「違う。行くはずだったんだ」

むすこは悔しげに言った。

「でも、パパが、千葉県は大雨だから、今日はナガシマスパーランドにしておこうって言った」

「結局、行っていないのか」

むすこは無念そうに頷いた。

「それで、ナガシマスパーランドから、ここへ来たと」

「違う。出かける直前になってパパが調べたら、ナガシマスパーランドはお休みだった」

（本当かよ）

遊園地が土日に休業なんて考えられない。それに、旅行へ行くのなら、前もって休園期間くらいは調べておくのではないか。こうなると、千葉県が大雨も嘘くさい。

（これ、こいつは騙されているけど、あのきつい姉むすめは騙されていないんじゃないか）

「姉ちゃんは、怒っていなかったか？」

「怒っていた。おれには」むすこは唇をへの字に曲げた。「でも、父ちゃんに文句を言うな、黙っていろって」

「姉ちゃんが、そう言ったのか？」

むすこは無言で頷いた。

（やはり、姉むすめはおやじの胆をうすうす察しているらしい）

「それで、名古屋へ出て、東山動物園に行った」

「スカイタワーにのぼったか？」

「うん」

（訊くまでもなかったな）

東山動植物園、子供、スカイタワーは切っても切り離せないワンセットだ。

「で、土曜日は名古屋のホテルに泊まったのか？」

「ホテルじゃない。スーパー銭湯の仮眠室」

「日曜日はどうした」

「近くのコンビニエンスストアでおにぎりを買ってから、栄に出て、テレビ塔にのぼった」

「日曜日一日、それだけか？」

「名古屋城のてっぺんにものぼった」

「のぼってばかりだな」

せっかくの家族旅行に遊園地を避け、ひたすら高いところにのぼる。ホテルを取らず、入浴施設の仮眠室を利用する。さらにはひかげ旅館を選ぶ。裕福な家庭ではないことは明白だが、日暮のおやじはどうも必要以上に出費をけちっているように思える。

こういうやりくりの旅は、源五郎にも覚えがある。

「お母さんは一緒じゃなかったのか」

さりげなく、重要なところに触れてみる。

「ママは」

むすこはつらそうに睫毛を伏せた。

「ふた月も前に、おじいちゃんとおばあちゃんのおうちに帰ったきりだ」

（やっぱりな）

世間さまから流れて流されて、最後にここで引っかかる。ひかげ旅館は、そういうめぐり合わせの場所なんだよ。

（ひかげ旅館へ流れ着いて来るやつが、わけありじゃないはずはないんだ）

四

四月の終わり。

おかみさんは、萌黄色の山に囲まれた斎場で骨になった。

火葬のみの直葬で、葬式はしなかった。天藤と源五郎、蝗沢先生の三人だけで送った。改装されて間もないという斎場の建物はどこも新しく、しらじらしいほど明るかった。

強い風が吹く日だった。ざわざわと木々が揺れていた。駐車場の端に、おかみさんが好きだった桐の大木が立っていたが、花が咲くには早すぎて、つぼみはまだ硬そうだった。山のどこかに遅咲きの桜が残っているらしく、舗装したての黒いアスファルトの上を、花びらが休みなく舞っていた。

「水橋は」

骨になるのを待つあいだ、蝗沢先生が言った。

「男の中の男だった」

天藤は、そう思います、と短く答えた。

源五郎は、風が窓ガラスを揺らすのを、黙って見ていた。


がたがた、がたがた。

闇の中で、窓が鳴っている。

ちょっとだけ、眠ってしまっていたらしい。今夜も風が強い。しかし、その音で眼が覚めたわけではない。源五郎の神経に触れたのは、もうひとつの気配だ。誰かが廊下に出てきたらしい。

源五郎はそっと起き上がって、今まで潜んでいた雪の間の襖をそっと開いた。

「本気だぞ」

ぼそぼそと声がする。

「脅しだと思っているんだな。だが、僕は本気だ」

日暮のおやじが、携帯電話で話をしているらしい。

「やるしかないんだ。ほかに手段がない」

源五郎は、廊下にそろそろと顔を突き出した。隣りの月の間はひっそり静まっている。子供たちは寝ているのだろう。

「もう、金がないんだ」

日暮のおやじは、廊下の奥にいた。突き当たりの壁に向かい、背をまるめながら話している。

「ない。すっかり使いきった。宿屋に払う金すらない」

（何だってえ？）

源五郎は、ジーンズの後ろポケットを探った。おかみさんが使っていた、旧い型の携帯電話だ。指で探ってボタンを押す。

階下から、ぴりりと短く鳴った音が、聞こえた気がした。

「いくら心を入れ替えたと言っても、お前が信じないから悪いんじゃないか」

日暮のおやじは、哀訴するような口調になる。

「僕ひとりではどうにもならないことは、わかっていたはずだろう？」

（電話の相手は、実家に帰ったという奥さんだろうな）

「限界だ。だから、子供たちにも存分に遊ばせた」

（存分に、か？）

源五郎は首を傾げた。

（少なくとも、むすこはそうは思っていなかったがな）

「本気だ。本当にやる」

ひたひたひた。きしきしきし。足音が階下から近づいてきた。源五郎より重いはずなのに、不思議なほど静かなのだ。

（さすが人造人間だよな。決まっている。反重力でも使っているのか）

「子供たちは可愛いよ。決まっている。しかし、そんなことは言っていられない」

日暮のおやじは、足音に気付かない。

「今さらなにを言うんだ。お前は子供たちを棄てたんじゃないか」

影がすうっと眼の前を遮った。ほっと息をつく。

「子供たちを殺す。それから俺も死ぬ。本気だ。これが今生の別れだ」

日暮のおやじが引きつるような笑い声を上げた。

「そうだ。死ぬ前に火をつけてやる。なにせ、中身は廃屋みたいにぼろぼろの宿屋なんだ。山ひとつ隔てて、お前の家からも見えるくらい、よく燃えるだろうよ」

「お客さん」

穏やかだが、胆にずしんと響く声で、天藤が言った。

「いかにぼろぼろの宿屋だろうと、うちを巻き込んで親子心中など、どうかご遠慮願います」

日暮のおやじは、こちらに背中を向けたまま固まった。

「どういうことなんですか」

源五郎が驚いたことに、階段の途中から、なるみまで顔を出していた。

「すみません」

日暮のおやじは、正座して悄然とうなだれた。

「ご迷惑だ、とはわかっていたんですが」

姉むすめとむすこを月の間に寝かせたまま、一同は一階の帳場兼応接間に下り、膝を突き合わせている。

源五郎は、出稼ぎから戻ってきた天藤に、日暮一家の様子があやしいことを伝えてあった。なにか起きたら自室にいる天藤の携帯電話に連絡を入れるという示し合わせのもと、雪の間で張り込んでいたのだ。

「けれど、口先だけですよ。我が子を手にかけるなんて、そんな度胸はとてもとても」

「お子さんたちには手をかけなくとも、火をつける動機はじゅうぶんあったじゃないですか」

天藤が淡々と決めつける。

「宿泊代もないのに宿をとるくらい、追い詰められていたんですからね。危ないところでした」

「すみません」

日暮のおやじは、肩をすぼめた。

「妻に去られてから、自暴自棄になっていたんです」

「奥さんがいないのに、四人で予約をしたわけですか?」

「ひょっとしたら、妻がここを探し当ててきて、合流できるかもしれないと思ったんです」

日暮のおやじは、もそもそと答えた。

「妻は、この虎立温泉郷の隣りの市に住んでいるんです。子供たちを連れて行くから会ってくれと、金曜日の夜から何度も連絡をしていたんですが、そのたびに冷たくあしらわれました。今日の朝、いいや、もう昨日になりますが、電話をしたときも、妻の態度は変わっていませんでした。もし来ても、僕とだけは会うつもりがない。子供たちを置いてさっさと帰れと言われたものですから、僕もカッとなりまして、それなら連れていかない。虎立温泉に泊まって帰ると言いました。そしてすぐさまこちらの宿を調べ当てて連絡をしたわけです」

けれど、夜まで待っても、奥さんが来る気配はなかった。だからついには自殺すると騒ぎ立てたわけか。それも、子供たちを人質にして。

（とんだ人騒がせなおやじだな）

「奥さんが出て行かれたうえ、そこまで頑なになられたのには、それなりに理由があるんじゃないですか？」

なるみが冷たい声で言った。

「奥さん、さっきも非常に落ち着いておられました。一時の感情だけでそんな行動を取られる方とは思えません」

先ほど、日暮のおやじと代わって、なるみが電話口で話をしたのだった。日暮の奥さんは、冷静だった。

――明日いちばんにそちらへ伺います。宿の代金もお支払いします。夫が妙なことを仕出かしまして、本当に申しわけありません。

「妻と話をしてくださってありがとうございました」

日暮のおやじは、ますます小さくなった。

「お恥ずかしい話ですが、同じ会社で働いていた部下の女と過ちを犯しまして」

なるみは眉を吊り上げた。

「女にも家庭がありましたから、向こうの亭主が会社の上司にねじ込んで来て、けっこうな騒ぎになりました。女は会社を辞めましたし、僕は子会社に出向になりました。事務機器の製造販売会社なんですが、それまでいた商品開発部の課長から、エリア販売長という慣れない営業職にまわされました。名ばかりの役職で、朝から晩まで外まわりをさせられて、へとへとになったところへ、女の亭主から慰謝料請求の訴訟を起こされまして」

ひどい、となるみは呟いた。

「そうなんです」

日暮のおやじはやや元気になって、身を乗り出した。

「さらに、妻が出て行っちゃったんですからね。踏んだり蹴ったりですよ」

「あなたは自業自得じゃないですか」

なるみは声を尖らせた。

「すみません」

日暮のおやじは、バッタのように身を低くした。

「僕なりに、誠意は示したつもりだったんですが」

「誠意？」

「女とは、すっぱり別れました」

「そんなのは当たり前のことじゃないですか」

「何度も頭を下げました」

「回数の問題じゃないでしょう」

「妻は信じられないと言うんです」

「言葉だけでどんなにもっともらしいことを言っても、信じられっこありません」

「では、どうすればいいんですか」

「居直らないでください。すぐにそういう態度に出るから、奥さんはあなたを信じないんですよ」

「お嬢さん。もう、そのへんでいいでしょう」

天藤が、どこかで聞き覚えのある台詞で止めた。ははあ、と源五郎は思った。夕方、出稼ぎ先のＴＶで、天藤もあの時代劇の再放送を観ていたに違いない。

「それにしても、天藤さん」

なるみが気を取りなおしたように言う。

「日暮さんの様子がおかしいことに、よく気がつかれましたね。昨日は一日、ほとんどひかげ旅館にいらっしゃらなかったのに」

「気付いたのは、源五郎です。自分は、気にしすぎかとも考えたんですが、結果的にはこいつの読みが当たっていました」

なるみは、まじまじと源五郎を見た。

「気をつけすぎるに越したことはないんだよ。大事になってからでは遅いんだ。こういった商売は、どうしてもなにかを引き寄せてしまうことが多いからさ」

源五郎は、軽く肩をそびやかした。

「特に、ひかげ旅館はそうですね」

天藤が言った。

「そのへん、源五郎は、よく心得ているんです」

「そう。おれ、よく心得ているわけ」

（だって、おれも、引き寄せられてきたひとりなんだからな）

「本当に、本当に申しわけないです」

日暮のおやじが、すすり泣きはじめた。

「妻に去られては、どうしようもない。この先、どうしたらいいのかわからない。思いあぐねて、思いつめて、眼の前が見えなくなってしまっていたんです。どう詫びても、泣いて悔やんでも、取り返しがつかない。この手には、なにひとつ戻らない。ならばいっそのこと、すべてを終わらせてしまおう。もし、妻にあくまでも拒まれたら、これを最後の家族旅行にしてしまおうと考えてしまったんです」

「なにが何でも奥さんに下駄を預けてしまいたいわけだな」

源五郎の言葉が、つい毒を含んだ。

「そんな無責任な考えで子供の命まで巻き添えにされたら、たまったもんじゃない」

「源五郎」

天藤がたしなめた。

「だいたい、本気で最後だと思ったんならさ」

源五郎は、下唇を突き出しながら、日暮のおやじの傍ににじり寄った。

「むすこも行きたがっていたんだし、ディズニーランドへ連れて行ってやればよかったじゃないか」

「しかし、千葉県まで行くとなると、僕の手持ちの金では、夜行バスにしても交通費だけでいっぱいいっぱいになってしまいます」

「クレジットカードを使えばいいだろう」

「カード類は、浮気が露見して以来、ぜんぶ妻に抑えられてしまっています」

日暮のおやじは、眼をしょぼつかせながら話している。尻ポケットからは、二つ折りの革財布が覗いていた。

「この週末を、どうして乗りきるか。内心では冷や冷やものだったんです。それに、まさか最後の最後まで、妻に拒否されるとは思っていませんでしたし」

源五郎はさっと手を伸ばし、日暮のおやじの尻から財布を抜き取った。

「あっ」

「源五郎、よせ」

天藤が腰を浮かせる。源五郎は部屋の隅に後しざりしつつ財布を開き、カード入れと札入れを素早く見た。カードは確かに入っていない。しかし、札入れには、しっかりと一万円札が残っている。

（しかも、二枚も）

「ひぐらしさん、よう。どういうことだよ？」

源五郎は札入れを拡げて、なるみと天藤にも示しながら、言った。

「宿代もないなんて、大嘘じゃないか。これだけあれば、じゅうぶん払えるだろうよ」

「いや、それは」

日暮のおやじは視線を泳がせた。

「のちのちのことを考えると、やはり少しは手もとに現金を残しておかないと」

「このおやじ」源五郎はあざ笑った。「生きる気まんまんじゃないか」

「源五郎」

天藤が低い声で言う。「お前はもう寝ろ」

「わかった。寝るから、ひとつだけ教えてよ」

源五郎は襖の方に歩き出しながら、訊いた。

「ひぐらしさん、どうして、このひかげ旅館を。……まあ、死ぬ気はほとんどなかったみたいだけど、死に場所に選んだの？」

「それは、ですね」

日暮のおやじは、言いにくそうに答えた。

「朝の電話を切る前、妻に言っておいたんです。僕はもう金を持っていない。だから虎立温泉の中でも、いちばん安くていちばんおんぼろな、今にも潰れそうな宿を選んで泊まるつもりだ、と」

気まずい沈黙が落ちた。

「僕なりに考えたんですよ、これでも」

日暮のおやじは、弁解めいた口調で続けた。

「他にお客さんがいなさそうな宿の方がよかったんです。巻き込んでもご迷惑が少なくて済むじゃありませんか」

「何ですって」

「ふざけるな」

「そんなはず、あるか」

なるみも、天藤も、源五郎も、同時に荒々しく言い返していた。

五

応接室を出て、部屋に戻ろうとした源五郎を、囁くような声が呼び止めた。

「ねえ」

階段の真ん中へんに、姉むすめがちょこんと座っていた。

「パパは、大丈夫？」

（やはり、こいつには、この家族旅行の意図がある程度わかっていたんだな）

「弟は？」

「寝ている」

姉むすめは、大人びた笑みを浮かべた。

「何にも気付いちゃいないのよ。あの子には、まるで苦労がないの」

「明日の朝、母ちゃんが迎えに来てくれるってさ」

姉むすめは、頷いた。

「さっき、二階の廊下で、ここの宿のおねえさんが電話で話していたの、聞こえていた」

「よかったよな」

「うん。よかった」

姉むすめは、いくぶん照れくさそうに言った。

「あんたに訊きたいことがあったの」

「なに？」

「一寸法師は、あれからどうなったの？」

「あとは、お前も知っているとおりさ。小槌をふるったら、一寸法師の背がぐんぐん大きくなって、金銀をざくざく出してお金持ちになり、みんながしあわせになるんだ」

「みんなが?」

一寸法師は、帝に拝謁して、これまで話に出てこなかったようなことを言い出して、高い地位を手にするのだった。

おほぢは堀河の中納言と申す人の子なり。うばは伏見の少将と申す人の子なり。

よくあることなんだよ、と、おかみさんは言った。経歴詐称というやつ。ちょっと偉くなろうとすると、みんながそういう嘘をつくんだよね。

「そうだよ。一寸法師も、お姫さまも、一寸法師の両親も、都に呼ばれて、みんな一緒にしあわせに暮らすんだ」

父母をも呼び参らせ、もてなしかしづき給ふ事、よのつねにはなかりけり。

「よくない親だったのに?」

「だからさ。よくない親だから、強盗殺人をして手に入れた金や、嘘で飾った地位でも大喜びできるんじゃないのか」

「しあわせになれちゃうの、それで?」

姉むすめは言いつのった。

「よくない親なのに、何の罰も受けないの?」

「さあ、どうだろう。どんな家庭も、中に入れば面倒くさいことがいろいろあるもんだろう？」

姉むすめは、無言で首を傾げた。

「たとえば、お姫さまと一寸法師の母ちゃんがうまく行くと思うか？」

「さあ」

「家柄が違う。お生まれが違う、とか言って、お姫さまの方ではぜったい仲良くしてくれないぜ」

姉むすめが、くすっと笑った。「そうかもね」

「ばあさんの方は、悔し涙に暮れながらこぼすんだ。あの嫁は鬼だって」

源五郎は、調子に乗って、続けた。

「それに、一寸法師だって、出世して金持ちになったんだからさ。ぜったいに浮気するよな」

姉むすめの顔から、笑いが引いた。

（まずい）

母親が家を出るに至った原因も、姉むすめは知っているのかもしれない。

「あんたは、ずいぶん変わっているのね」

「まあ、変わっているかもなあ」

応接室から、低い泣き声が聞こえて来た。日暮のおやじがまだなにかこぼしているらしい。

「パパって」姉むすめはぽつんと言った。「駄目なひとよね」

源五郎には、返事ができなかった。

「よくない親よね」

（同じことを、おれも言ったことがある）

おれの親は、最低だよな。父ちゃんも母ちゃんも、二人とも。

「……もう寝ろよ」

「うん」

姉むすめは立ち上がった。

「そうだ。もうひとつ訊いていい？」

「ああ」

「この旅館の外って、イルミネーションがあるんでしょう。今夜は明かりをつけないの？」

「つかないんだ。もうずっと前から電球が切れている」

「看板の電気もつかないの？」

「あっちは節約のためにつけない」

もっとも、つけたところで文字が欠けているから、ひげ館だ。

「見たかったのか？」

「ほんのちょっとだけ、ね」

姉むすめは源五郎に背を向けた。

「おやすみ」

「おやすみなさい。また明日ね」

源五郎は、母ちゃんを写真でしか知らない。物心がつく前に、父ちゃんと母ちゃんは別れていた。

父ちゃんは、源五郎の知るかぎり、生活費を稼ぐために働いたことはない。必要な金は盗んでいた。置き引き、引ったくり。しかも、性質の悪いことに、老人や女ばかりを狙った。なにもかも、お前を育てるためだ。

父ちゃんは言っていたけれど、それは嘘だった。現に、源五郎は保育所や幼稚園へは行かせてもらっていないし、病院へも連れていってもらったことはない。父ちゃんは、食事だけは与えてくれたけれど、たいがいパンやカップ麵、よくてコンビニエンスストアの弁当だったし、それ以外の金は自分のために使っていた。ちょっと余裕があるときは、パチンコ屋へ直行がお決まりだ。

住む家すらなかった。五日分の下着の替えとTシャツ二枚に厚手のブルゾン一枚を詰めたリュックサックを背負って、一年半も家賃をためていたマンションを夜逃げして以来、温泉地や観光地を転々とするようになった。

虎立温泉に来たのは、五年前の春だ。薄暮の刻、父ちゃんは、駅前の信用金庫のATMから、ハンドバッグを抱えて出てきた和服の女の後をつけた。大通りを曲がってひと気の少ない道に入ったところで、ハンドバッグを奪い取ろうとして、逆にはじき飛ばされた。

「夕方は、いにしえの昔から誰そ彼どきと言うんだ。覚えておくがいい、若造」

路上に転がされ、逃げ出そうとする父ちゃんを組み敷きながら、ハンドバッグの主は言った。

「姿かたちはおろか、性別さえも見分けられない、危険な時間帯なんだわ」

そう、その女こそ、おかみさんだった。

おかみさんは父ちゃんの襟首をつかんで、駅前の交番へ引っ立てた。源五郎はなにも知らぬまま、駅の構内で待っていた。待合室のベンチにちょこんと腰かけていたのを、駅長の桑形さんが気遣って、駅長室に入れた。TVも観せてくれた。

「坊やは、時代劇が好きなのか」

不審に思ったのだろう。桑形さんは、いろいろと話しかけてきた。

「おさむらいさんが好きか」

「ううん。とせいにん」

「渡世人が好きだって？　変わった子だな」

桑形さんは苦笑して、首をひねった。

「坊やのお父ちゃんは、どこに行ったのかなあ」

そのころ、父ちゃんは、交番で泣いていた。駅でお腹を空かせて待っている息子のために、つい出来心を起こしたんですと、泣き崩れた。

これは、父ちゃんの最終手段だった。だからこそ、源五郎の存在が必要だったのだ。

おかみさんは情にほだされやすいひとだ。出来心を見逃すことにした。実害はなかったのだからと、お巡りさんを説得し、父ちゃんと源五郎をひかげ旅館の月の間へ泊めた。

その夜半、父ちゃんは帳場の金を持ち出そうとしたところを、天藤に取り押さえられた。父ちゃんは、今度こそ逮捕された。弁護は蝗沢のおじさんがしてくれた。余罪が多かったし、前科もあった。懲役七年の実刑判決を食らった。

再婚して山梨に住んでいた母ちゃんは、源五郎を引き取ることを拒否した。父ちゃんとは縁を切ったし、今の家庭が大事だと言った。

そして源五郎はひかげ旅館で暮らすことになったのだ。

がたがた、がたがた。

ガラス窓が風で揺れる。

源五郎は、蒲団を敷いて、横になって、天井をにらんだ。

（お化けになってでもいい。帰って来てくれよ）

窓をがたがた鳴らす。源五郎がふと見ると、ガラスに、頬をぴったり押しつけて、帰ってきたぞう、と言う。

おかみさんは、そう言っていたけれど、カーテンを開けたって、窓の外には風が吹いているだけ。何度も確かめたから、知っている。

おかみさんは、帰って来やしない。

（どうせ生きているあいだだって、お化けって呼ばれていたじゃないか）

（帰ってきて、また、めちゃくちゃな話をしてくれよ）

天藤はまだ応接室から引き揚げて来ない。

「おれの親は、最低だよな。父ちゃんも母ちゃんも、二人とも」

源五郎が言ったとき、おかみさんは答えた。

「お前がそう思うなら、もう判決は下されとるで」

――それは、きっとこの世でいちばん重い罰だわ。

（おやすみなさい、また明日）

明日になっても、会えないひとに、そっと言う。

（きっと、明日は。明日こそは）

窓が鳴る。潤みかけた眼をぎゅっと閉じた。

第三話　雪の間

一

すてきなご主人ね。からかうような調子で言われて、なるみは困惑した。

「ご主人？」

（以前、このひとと、どこかで会ったことがあったかな？）

うっかり考えかけて、すぐに思い返した。

（雄彦のことを言っているわけではない。間違えているのだ）

「あのひとは、違います」

「違うって？」

秋庭夫人は、大仰に眼をまるくした。

「あなたは、ここのおかみさんじゃないの？」

「わたしはただの手伝いです」

「ここで暮らしているわけではないの？」

返答に窮する。

金曜日は、夜明け前から雨だった。山は薄墨のヴェールをまとって重く沈み、川は赤茶色に濁ってふとく流れた。

午後三時、秋庭夫妻は黒い大きなひとつの傘を二人で差しながら、ひかげ旅館に投宿した。秋庭長介・会社役員、六十歳。妻・尚子、五十七歳。宿帳にそう記したのち、雪の間に入った。予定は二泊。めずらしくもありがたいお客さんである。

「あまり詮索しては、悪いよ」

秋庭氏が言葉を挟んだ。

「すると、ひかげ旅館さんの経営者は、あなたではないのですね」

「はい」

「先ほどご挨拶した、あちらの男性ということになるんですか」

あちらの男性。すなわち帳場にいる天藤である。

「そうです」

「どうなんですか、ここの景気は」

「まあまあです」

なるみが来て、ちょうど一週間と一日。はじめの土日は坊主で驚かされ、月曜に心中未遂親子。そしてこの日の秋庭夫婦である。

（まあまあどころか、どん底なんだけどね）

「今日は金曜日でしょう。ほかにお客はないんですか」

「ここの繁忙期は、秋から冬のあいだですから」

妻には詮索するなと言いながら、夫の方も好奇心の強さは変わらないようだ。

「経営が大変なんじゃないのかね」

「ふふふふふ」

不気味な笑いで紛らわせた。そうするより方策がない。

「どんなお客層が多いの？」

「わたし、最近こちらへ来たばかりなので、そのあたりはよくわからないんです」

「手伝いを頼む余裕があるなら、それなりに客は来ているのかな」

またもやふふふと笑うしかなかったところで、秋庭夫人が話を転じた。

「きれいな矢車菊ね。あなたが活けたの？」

床の間に、白と青みの濃い紫の花を挿した花瓶を置いたのは、確かになるみの心遣いだった。

「はい」

お客さんが入る部屋に、花を飾ろうと思い立ったのは、今日の朝だ。本格的に梅雨らしい毎日が来て、窓を開けて風を入れても、重い空気が去らない。掃除機をかけ、硬く絞った雑巾で念入りに拭いても、年代を経た柱や天井の黒ずみ、しみと黄ばみの目立つ襖はどうにもならない。

清潔感が得られないなら、せめて彩りが欲しくなった。

（よし、花を置こう）

さすがです、と天藤は言った。

――そういえば、お嬢さんは生花店にお勤めだったんですよね。

「夕食だけどさ」秋庭氏が言った。「ちょっと特別にしてくれないかな」

「特別、といいますと？」

「この土地ならではの名物料理だってあるだろう？」

あるとも。自慢のサファリパークだ。馬が走る。鹿が跳ねる。猪が暴れる。仁王立ちの熊と身構えた虎がにらみ合う。

「もちろん、料金は別でいいから」

「ありがとうございます」

声が弾んだ。本当にありがたい。心からの笑顔を抑えきれずに一礼する。

「調理場に伝えます」

天藤には思いきり腕をふるってもらわねばなるまい。しかしなるみは同時に怪訝な思いも抱かずにはいられない。

（このひとたち、どうしてひかげ旅館を選んだんだろう？）

豪華な食事がしたいなら、適した宿はほかにたくさんあるはずだった。それなのに、よりによってこんな悪趣味でぼろくてやすい。

（いけない。お父さんが遺したひかげ旅館に対して、何という心ないことを）

「といっても、山菜ばかりというのはごめんだよ」

秋庭氏が口もとを緩め、夫人に眼配せをした。

「我々も、少しは精をつけなけりゃいけないからね」

「いやねえ」

秋庭夫人がくっくっく、と咽喉を鳴らした。「このひとったら」

なるみの肌に粟が立った。

（つまり、そういう意味か）

「失礼します。用がおありでしたら、いつでも親子電話をお使いください」

そそくさと雪の間を出た。


帳場兼応接室には、天藤と源五郎が座っていた。

「源五郎くん、帰っていたの？」

「今さっき帰った」源五郎が胸を張った。「一時間目から五時間目まで、今日はちゃんと学校にいたぜ」

（当たり前だ。自慢することじゃない）

「で、どんな様子だった、あのおじいさんとおばあさん？」

「おじいさんとおばあさん？」

小学生から見ればそう見えるのだろう。だが、あの二人にそんな呼び方はふさわしくない。

視線と視線をからみ合わせ、囁くように言葉を交わすさま。気味の悪い冗談。

「よさそうな方たちですよ」

さらりと流して、なるみは夕食の件を天藤に伝えた。

「名物料理、ですか」

「山菜より、お肉がご希望のようでした」

さすがに精力がどうとは言えない。

「名物料理がご希望で、しかも二泊。なぜ、うちに泊まろうと思ったんでしょう？」

なるみ同様、天藤も小首を傾げていた。

「どうせなにかわけがあるのさ」

源五郎が厭なことを言う。

「それでは、雪の間さんのご希望を詳しく伺ってきましょう」

天藤が腰を上げる。源五郎が思い出したように言った。

「お嬢ちゃん、電話が鳴っていたみたいだよ」


なるみは父親の八畳に入り、携帯電話を手に取った。五分ほど前、午後三時二十二分に、雄彦からの着信が入っている。おかしな時間に電話をよこしたものだ。

（有給がたまっているはずだから、今日は休みでもとったのだろうか）

なるみはそっと部屋を出ると、土間に下り、入口から外へ出た。源五郎の耳を憚ったのである。

軒下へ立って、電話をかけ直す。アスファルトの舗道を叩く雨音はさほど強くはないが、真横の雨どいからしゃあしゃあ水が流れ出している。

なるみは電話機を耳に押しつけた。

考える時間が欲しい。それでこうして留まっているはずなのに、考えることを避けている自分がいる。慣れない旅館の手伝いをするという名目で、答えを先延ばしにしている。ただ、その先延ばしも必要なのかもしれないと、自分自身に言いわけをしていた。

父親だって、いつか手紙にこう書いていた。

〈男女の仲は、瞬間接着剤だからね。くっつくのは早いが、はがすのは大変だ。無理に引っぺがそうとしたって、お互いが大怪我をするだけだ。時間というぬるま湯が必要なんだよ〉

なるみと雄彦にだって、ぬるま湯が必要なのではないか？

コール音が三回。そして、通話ボタンが押された気配がした。

「もしもし」

無言だった。

「なるみです。もしもし？」

返事は来ない。待っているうちに、切れた。

もう一度、かけた。コール音は鳴らなかった。すぐに出た。

「もしもし」

やはり黙っている。

(音楽が聞こえる。何の曲?)

はっとして、電話を切った。

電話の奥に、雄彦ではない息遣い、嘲笑に似た吐息を聞いたのだ。


「よう降りよるね」

声をかけられて、なるみは我に返った。放心して立ち尽くしていたのだ。

「今日は、ひさびさに観光客が街へ出とるようだね」

せみのゆの老人だ。隣りの建物の入口から、頭だけ突き出すようにして話しかけてくる。

「もっとも、橋向こうの話だが。こちらはまるで関係ないがね」

「川の向こう岸にばかり宿が集まっているんですね」

夜、物干台から見ると、川の向こうの賑わいぶりはちょっとした景観だった。

「そらそうだわ。こっちには温泉がわいとらんもんで」

せみのゆ老はむっつりした顔つきだが、口調は温かみがあった。

「今は町じゅうに温泉が行きわたるようになっとるけど、昔はわざわざ汲みにいかんといけんかった」

そういえば、露天風呂の脱衣所で、そんな説明文を読んだ。

「今朝、スーパーマーケットの花屋で花を買うとったが、あんたは花が好きか?」

いつの間に見られていたのだろう。

「あじさいは好きか」

「はい」

「うちの庭に咲いとる。よかったら明日にでも分けたるが」

「本当ですか。ありがとうございます」

そういえば、花屋に勤めていたときは、よく花を持ち帰っては部屋に飾った。

はじめのうち、雄彦はなにも言わなかった。気付かなかったのかもしれない。一年以上も経ってから、不意に言った。

——会社にもいるよ。いかにも自分はこまやかな目配りができる女らしい女なのでございます、とこれ見よがしに振る舞って見せる手合い。こうやって花を飾ったり、手作りのお菓子を持ち込んだり。鬱陶しいんだよな。もっとほかにするべきことがあるだろうって感じだよ。

——今さらあなたの前で、自分は女らしいです、なんて見栄を張るわけがないでしょう。

言い返しはしたが、胸に澱が残った。思えばあのころから、機嫌が悪くないときでも、ひと言ひと言に棘が立つようになっていた気がする。

(つまり、お互いにお互いが気に障る存在になって来ていたということ?)

雄彦がよそに心を移したのと、どちらが先だったのだろう。

「あんたのお父さんなあ」

ふと、せみのゆ老が話を変えた。

「なにせ、変わり者でな。ワシとはあんまり意見が合わんかったけど、見上げたところも持っとった」

なるみはせみのゆ老の横顔を見直した。

「あんな急にいなくなるとわかっとったら、仲直りしとくべきだったなあ」

せみのゆ老はすっと建物の中に引っ込んだ。

こみ上げるものを飲みこんで、なるみは深く頭を下げた。


父親のものだったという赤い豹柄の傘を差し、なるみは雨の道を歩いていた。

天藤に頼まれた買物を、駅の裏の小さな商店街で済ませてから、虎立大橋を渡った。橋の下にはカフェオレ色の濁流がごうごうとうねっている。

旅館街は、川に沿ってゆるく蛇行しながら続いている。せみのゆ老の言葉どおり、雨なのに観光客の姿が多かった。壁に雨水の跡が浮き出したRC建築のホテルも、エアコンの室外機が目障りに突き出した町屋造の旅館も、数日前のうら寂れたさまとは一変して見える。ひとの姿があるだけで、町全体が息を吹き返したようだ。

男女二人連れが多い。もっとも若い人間はあまりいない。

(蛍子さん、あれからどうしたろう。不倫の彼氏とは仲直りしたのかな)

雄彦は、今、彼女に会っているのだろうか。

さっき、電話に出たのは、雄彦じゃない。例の彼女なのだろうか。

嫉妬は、不思議となかった。怒りではない。悲しみに似た気持ちがある。当然といえば当然だ。なるみがいなければ、口実は必要ない。堂々と会えるだろう。有給休暇を使って、遊びにも行ける。

しかし、会わないでいてほしかった。

家を出て、こうしている。自分の気持ちが、ただならないものだと悟ってほしかった。本当に苦しんでいるのだと。

迎えに来なくてもいい。お義理の気持ちなら、連絡もしなくていい。ただ、自分の胸のうちを理解してほしかった。

理解？

（嘘だ。わたしは、あのひとに後悔して欲しかったんだ）

〈相手に後悔させることを期待しても、無駄だよ〉

父親から、そんな言葉をもらったことがある。

高校生のときだった。同じクラスの女の子と気まずくなったのだ。なるみには覚えのない理由から無視された。半月以上もその状態を続けたあと、彼女はなにごともなかったように話しかけて来た。どうして自分を無視したのか。なるみが訊くと、彼女は薄笑いしながら答えた。

——無視なんてしていないよ。なるみちゃん、なにか勘違いしているんじゃない？

〈残念だけど、世の中には、他人に対してどんなひどい真似をしても自責の念を持たない人間がいる。その種の人間の中では、最初から答えが出ているんだ。あたしは悪くない。なぜならあいつが悪いから、なにをしてもあたしは許される。それがゆるぎない信念なのだろうね〉


「あら、あなた」

甲高い声が上がった。

みやげもの屋の前に差しかかっていたのだ。なるみは足を止めた。木彫りの動物やら玩具やらがごちゃごちゃ吊り下げられた店先に、秋庭夫人が姿を現した。ガラス戸越しに秋庭氏の姿も見える。

「ずいぶん派手な傘を差しているのね。誰かと思ったわ」

「お散歩へ出ておられたんですか」

「ええ、これから温泉へ入るのよ」

温泉。それはひかげ旅館では提供できない最大のサービスである。

「タイガー・スパ・ガーデンにいらっしゃるんですか？」

「あそこは駄目。男女が別でしょう。せっかく来たのに、彼と一緒に入れないんじゃ、つまらないわ」

（彼？）

亭主も亭主なら、女房も女房だ。何なのだろう、このお熱さは。

「いえね、こうして旅をするの、新婚旅行みたいな気分なのよ」

秋庭夫人は弁解するような口調になった。

「娘も大きくなって、自立したしね。そりゃ、若いころはいろいろあったけど」

秋庭夫人の顔に、満開、といった笑みが広がった。その視線の先で、秋庭氏がみやげものの袋を下げた手を振っている。

「失礼します」

なるみはその場を離れ、もと来た道を引きかえした。

（若いころはいろいろあったけど、か）

秋庭氏と夫人は、結婚して何年くらいだろう。二十年か。いや、自立した娘がいるくらいだから、三十年くらいは経っていそうだ。

なるみと雄彦は、まだたったの七年だった。交際期間を含めても十年足らずである。

（ここが踏ん張りどころなのかもしれない）

踏ん張って、踏みとどまって。いろいろあった末に、秋庭夫妻のような時間をまた取り戻せるものなのだろうか。互いを吹き散らすような嵐のただ中を過ぎたなら、違う風に身を寄せ合っていけるようになるのだろうか。

なるみにはわからなかった。困ったことに、踏みとどまりたいのか、それとも別の道を歩き出したいのか。どちらを選びたいのかすらはっきりしない。

(考えるために、ここにいるんじゃないか。しっかりしろ)

雨が激しくなって来た。

足を速める。靴先で水がはねる。赤い傘がぐらつくのを、持ち直した。

二

「この宿の方ですか?」

入口の戸を開けかけたところで、なるみは声をかけられた。

「そうですが」

ビニール傘を差した、ワイシャツ姿の中年男だった。ネクタイはしていない。両肩が濡れ、眼鏡のレンズに水滴がついている。

「予約をしていないんですけど」

口もとが気弱げにほころんだ。

「今夜、部屋は空いていますか?」

「帳場に訊いてきますが、たぶん空いていると思います」

土間に入ると、むっとした空気が立ちこめている。天藤が台所で火を使い出したのだ。換気扇はむろんあるし、台所の上は吹き抜けなのだが、それでも熱気がこもるのである。

「天藤さん」

なるみが呼ぶと、天藤が暖簾から顔を覗かせた。

「今夜、空いているお部屋はありましたか？」

頼まれた買物を手渡ししつつ言う。我ながらしらじらしい。

（ありましたかもないもんだ）

秋庭夫妻しか泊り客はいないのはじゅうぶん承知のうえである。

「あります」

天藤はなにごとにも動じない。

「花の間へお通ししてください」

二階の奥の部屋である。秋庭夫妻が入った雪の間とは、月の間を挟んでひと間隔てている。

「どうぞ」

なるみが案内しようと先に立つと、男が遠慮がちに呼び止めた。

「お支払いは先にしておいた方がいいでしょうな」

「うちはあと精算です」

「失礼。ホテルを利用する方が多いものですから。カードは使えないでしょうか」

帳場兼応接室の襖が開いて、源五郎が顔を出した。

「現金のみですよ」

（よかった）

ついさっきまでの重い気分がいくらか晴れる。

（ひかげ旅館、繁盛の日だ）


「テンドー君」

脱衣籠を床に置いたところで、せみのゆ老が番台から手招きをした。

「何ですか」

午後九時半過ぎ、天藤は源五郎と二人でせみのゆに入浴へ来たところだった。源五郎が、脱いだTシャツをぽんと籠に投げ入れ、歌い出した。

「ABCの海岸でぇ」

せみのゆ老は、番台から身を乗り出すようにして、天藤に顔を近づける。

「どうなの？」

「経営状態は相変わらずですよ」

「そんなのは訊かんかってわかっとる。あの女の子の話をしとるんだが」

「女の子」

なるみのことである。まあ、七十歳を越えたせみのゆ老から見れば、立派に女の子だ。

源五郎が、いちだんと声を張り上げた。

「蟹にちんぽこはさまれたあ」

天藤は振り向かぬまま制止した。

「その歌はやめなさい」

「おかみさんに教わった歌なんだ」

「おかみさんに教わったことが、すべていいとは限らない」

「まったく、あの男は、人間も妙ちきりんなら、教育もおかしかった」

舌打ちまじりに言ってから、せみのゆ老は少し声を低くした。

「どうする気なの、あの子。ひかげ旅館を継ぐの？　死んだおかみは、それを望んどったんか？」

「自分の口からは、何とも言えません」

「今日も憂愁をたたえた表情で軒下にたたずんどった」

「…………」

「いろいろ悩んどるんじゃないの？」

天藤は答えない。せみのゆ老は意味ありげに笑ってみせた。

「ゆうべ『女王蜂』のユカリちゃんがテンドー君の噂をしとったが」

『女王蜂』とは、橋向こうにあるスナックである。温泉街にありながら、ほぼ地元民しか集まらない店だ。一見《ふり》の観光客が足を踏み入れないのは、いったん巣にかかったら最後、からからになるまで搾り取られそうな、その店名がいけないのかもしれないと天藤は思っている。

「テンドー君、最近お見限りだで、たまには飲みに来んか、言うとった」

「しばらくは無理ですね」

おかみさんが死んでから、泊り客がないときでも、夜の外出はしていない。源五郎はしっかりしているが、ひとりにさせておくわけにもいかない。

「あの女の子に留守を頼んで、出て来たらいいがね」

逆だ。なるみが滞在しているからこそ、酒を飲んで帰ることはしたくない。

「ユカリちゃん、寂しがっとったで」

「営業ですよ」

「それを言ったら身も蓋もないがね」

しかし、天藤はユカリちゃんとさほど親しくした記憶はない。店にいるのはママとユカリちゃんとリサちゃんの三人だが、誰ともほとんど話もせずに、カウンターの隅で地味に杯を重ねるだけなのだ。他愛のない会話ができるわけでも、冗談めかして口説くわけでも、せみのゆ老のようにひたすら歌を歌うわけでもない。

自覚はある。俺は、暗い。

「ユカリちゃん、わりと本気で心配しとると思うんだわ」

「心配？　なにをです」

「愛しのテンドー君がひとつ屋根の下で若い女と暮らしとるんじゃ、気を揉むわな」

せみのゆ老は、天藤の肩をばん、と突いた。

「テンドー君だって、まんざら木石じゃなかろうが。この色男」

「旦那さんがいるひとですよ」

「そうなのか」

すっかり裸になった源五郎が、緑のタオルを振りまわしながら続きを歌い出した。

「痛いいたい離せー。離すもんかソーセージー」

「源五郎」

こぶしを握って振り向く。源五郎は風呂場へ飛び込んでいった。

「そら悪かった。勘違いしとった」

せみのゆ老がすまなそうに言った。

「てっきり、テンドー君とあの子が一緒になって、これからひかげ旅館を経営していくもんかと思うとった」

「ありえません」

あくまで冷静な答えとは裏腹に、天藤は少なからず狼狽していた。

同じ屋根の下になるみがいることを、意識していないはずはない。だからこそ、なにも気にしていない源五郎を連れてまで、こうしてせみのゆに来ているのだ。男女客向けのあやしい雰囲気で造られた内風呂を、なるみと共有する気にはとてもなれなかった。

(とりわけ、あの椅子はひどい)

「それなら、ずっとここにおるわけじゃないのか、あの子は」

「………………」

「いつまでおる気なんだろうなあ」

わからない。なるみがどんな事情を抱えているのかも、訊ねてはいなかった。ただ、しばらくここへいさせてくれ、と言った、あの朝の切羽詰まった表情が、胸に焼きついて離れない。

天藤がせみのゆ老から解放されて、ようやく湯に浸かったころ。

ひかげ旅館の帳場兼応接室で、親子電話が鳴った。

「はい」

なるみが出ると、くぐもった声がした。

「奥さん、虻田です」

花の間のお客さんである。眼鏡の度が合っていないのか、なめるように顔を寄せて宿帳に記名していた。

虻田良平・会社員・五十二歳。ご一泊ですね、となるみが確かめると、状況次第では二泊になりますが、よろしいでしょうかと懇願するように言った。よろしいもよろしくないもない。ありがた過ぎて拝みたくなる。

しかし、状況とは何なのだろう。虎立温泉《こ こ》へは、なにか仕事で来ているのだろうか。

「折り入ってお願いがあるんですが」

「何でしょうか」

「トイレの水音が、耳につくんです。部屋を替えてくれませんか」

確かに花の間はトイレの真ん前だ。

「わかりました。すぐに行きます」

(困ったな)

ひかげ旅館に防音の設備はない。あるわけがない。そして狭い。隣りの月の間に替わったところで、トイレには近いのである。

残る空室は星の間で、廊下の反対側の奥。トイレからはいちばん遠くなるが、台所の吹き抜けに接している。階下の物音は、トイレ以上に響くだろう。

(なにより、隣りの雪の間には秋庭夫妻がいる)

花の間に行って、なるみはその旨を説明した。

「ここ以外の部屋であればいいんです」

蛇田はまたしても懇願の口調になる。

「あたしはトイレの水音だけが苦手なんです。お願いします」

「トイレから離れているとなると、星の間になりますが、台所が近いですし、出入口の真上です。なにかとお耳障りになるかと思うんですが」

「いいえもう、トイレの水音以外なら、何だって辛抱できます」

「台所の水音もすると思いますけど」

「いいえいいえ、そういう水音は、ぜんぜん気にならないんです」

「お隣りの部屋には、ほかのお客さまもおられますが、大丈夫でしょうか」

「まったくもって大丈夫です。トイレの水音以外であれば耳に残りません。どんな音でもどんと来い」

（おかしな耳を持ったひとだ）

しかし、部屋が空いている以上、断る理由もない。結局、蛇田の部屋は星の間に移した。

「お手数をおかけしました。あ」

蛇田は情けない顔つきで、立ち去ろうとするなるみを引きとめた。

「どうしましたか？」

「あのう、夕方にお風呂場をお借りした際、備えつけのシャンプーを使わせていただいたんですが、どうも、こちらの宿の誰かの私物だったみたいでして、ボトルにマジックで名前が書いてありました」

（源五郎くんのシャンプーだ）

「使ってしまってから気付いたんです。すみませんでした。でも、リンスは使っていませんから」

妙なところで妙な気を遣う男である。

「そんなこと、お気になさらないでください」

「何といいますか、お洒落なお風呂場なので、動揺してしまいまして、申しわけありません」

（お洒落なんじゃない。どぎついんでびっくりしたんだな）

かえってすまないような思いで、星の間を出た。隣りの雪の間から、秋庭夫人の愉しげな笑い声が聞こえた。

「いやだわ、このひとったら、もう。うふふふふふ」

がらり。階下で入口の引戸が開いて、歌声が響きわたった。

「赤チン塗っても治らない。黒チン塗ったら毛が」

ごん、と、頭を叩く鈍い音がする。なるみは溜息をつきつつ階段を降りた。

三

土曜日の朝。

帳場兼応接室に、秋庭夫妻が入って来た。この宿の責任者に話があるので、少し時間をもらいたいと、朝食の膳を片づける際に言われたのである。

「なにか、失礼がありましたでしょうか?」

なるみはおどおどと訊ねた。できる限りのことはしたつもりだが、思い当たる節は山ほどある。

「そういうわけではないのよ」

秋庭夫人が笑いながら首を横に振った。

「ただね、ちょっと、お話がしたいだけだから」

「ご主人だけではなく、あなたも聞いていてくれるといいな」

秋庭氏はそう言葉を添えた。

（いったい、何の話をしようというのか。やはり一泊で切りあげると言い出すのかな）

天藤はいつもと変わらぬ平静さで端座しているが、なるみは気が気ではない。緊張しながら夫妻の前に茶を置いた。

「実は、我々がこちらへ宿を取ったのは理由があるんです」

秋庭氏が口を切った。

「この温泉郷には、他にもたくさんのホテルや旅館がある。昨日だって、ほかに空室がないわけではなかった」

「そうでしょうね」

天藤が、ゆっくり頷いてみせる。

「駅前の案内所で、話を聞いたんです」

なるみの咽喉の奥が、うぐ、と鳴った。

「正直なところ、こちらのお噂はあまり芳しいものではなかった」

秋庭夫人は、たのもしそうに夫の顔を見守っている。

「それでも、我々はこちらに宿泊した。なぜかわかりますか？」

わかるはずはない。なるみも天藤も黙っている。

「おたくは、もともと観光客専門の宿ではなく、商人宿だったそうですね」

「そのように聞いています」

天藤が応じた。

「先々代までは、お泊まりのお客さんは旅行業者やみやげ業者の方が中心だったそうです」

（初耳だ）

なるみは天藤の横顔をちらりと見た。

「しかし、現在では、そうしたお客さんはおたくへは泊まらない。特急を使えば、名古屋から一時間少しで着けますからな。よしんば泊まるとしても、ビジネスホテルを使う」

「そのとおりです」

「だから、おたくも観光宿として建てなおさざるを得なくなった。違いますか」

天藤は秋庭氏をひたと見返した。

「おたくには温泉が引かれていない。商人宿のころはよかったでしょうが、現在はそれでは通用しないでしょう。温泉を引こうとは考えなかったんですか？」

「隣りのせみのゆさんには、温泉が供給されています。以前は、その湯をこちらに分けてもらったりもしていました」

なるみには、はじめて耳にすることばかりである。

「ほう」

秋庭氏は眉を上げた。

「で、今はもうおやめになられた？」

「ちょっとしたもめごとがあったものですから」

「なにがあったのですか？」

なるみも知りたかった。が、秋庭氏もずいぶん不躾な質問をするものだと思わなくはない。

天藤は黙っていた。

「いや、もしお話ししにくいことなら、言わなくても構いませんよ」

「申しわけありません」

なるみは内心おかしくなった。

（まったく、よけいなお喋りはしないひとだ）

秋庭氏はやや毒気を抜かれたかに見えたが、不意に攻め方を変えて来た。

「おたく、ＡＤＲはどのくらいなんです？」

（なにそれ）

「客室単価を計る指標ですよ。一日の客室総収入を売れた客室数で割った数値をいいます。アベレージ・デイリー・レート、略してＡＤＲです」

秋庭夫人がうっとりと口を挟んだ。

「このひとは、経営コンサルタント会社の社長だったんですよ」

（昨日から、しきりにひかげ旅館の内情を知りたがっていたのは、そのせいだったのか）

「なにも、僕の考えを押し売りしようというんじゃないが、気になったことは伝えておこうと思いましてね」

「はあ」

なるみはいささか気を呑まれていたが、天藤は無言で頷いただけだった。

「僕は、旅館業の今後には大いに関心があるんです。団体旅行の時代はとうに終わったけれど、旅行をする人間の数は減っていない。それも今や、名所旧跡をめぐるだけの観光ではお客さんは満足しない。そのひとそのひとによって、旅の目的も愉しみ方も違う。宿にしても、ただ泊まって眠れればいいという人間から、宿そのものが旅の目的というお客さんまで、求める幅が拡がっている。だからこそ、これ、と強く打ち出す個性が必要なんです。その宿ならではの売り物を作って、ブランディングに力を入れるべきだ。これからは大手ホテルチェーンや大型旅館の時代じゃない。小さな旅館や民宿の方が大きな可能性を秘めていると思いますね」

秋庭氏は、熱くまくし立てた。

「そう思って、虎立温泉へやって来たのです。来たからには、ありきたりな宿には泊まりたくなかった。少なからず難のある宿を体感して、今後の参考にしたいと考えたのです」

なるみはがくんと来た。

(それでひかげ旅館が選ばれたわけか)

「大事なのは、何といっても個性ですよ。お客さんにはそれぞれ事情がある。その事情を飲みこんだうえでサービスに努める。それがこれからの旅館業にいっそう求められて来ることなのです。そういう意味で、やり方次第では、こちらのような落ちこぼれた宿にこそ伸びしろがあるといえる」

（落ちこぼれた宿？）

「なにより、おたくはまずお安い。それがいちばんの利点でしょう。料理も悪くない。ま、安い宿なりではありますが」

なるみは頰のひきつりを必死で抑えた。

（鹿肉の燻製を使った付出しに馬刺し、イノシシ肉のすき焼き風と、天藤さんはずいぶん頑張ってくれたんだけど、安い宿なりですか。そうですか）

「しかし、それだけでは早晩行き詰まりますな。安さだけを目的とするお客さんは存外あとが続かない。もっと安い宿が現われれば迷わずそちらに流れます。しょせん、和風旅館というのは、万事合理的に切り詰めたサービスを提供できる西洋式ホテルには、価格競争で敵わないようにできているんです」

秋庭夫人は満足そうにお茶を啜っている。

「おたくが生き残るためには、宿としての特長を、もっと強く示さなければならない。といっても、今のような特殊すぎる個性ではいけません。下品な外装に、下品なライトアップ。下品な風呂場。すべて問題外です。しかも〈源五郎〉なんて名前が書いてあるシャンプーボトルが置いてあるというコンセプトの混乱ぶり」

（このご夫婦、昨夜はうちのお風呂場を利用しなかったのに、いつ覗いたのかな？）

「旅館のお客さんは、おかみや仲居の示すおもてなし、ひとの魅力につくものです。その点、あなたの応対は見どころがある。花を飾るといったよくありがちな気配りも、ないよりはましですからね」

「……どうもありがとうございます」

なるみは押し殺した声で応じた。

「この宿には、なによりはじめに、魅力的なおかみが必要だ。それから、温泉がないのなら、風呂場を改装したらどうでしょう。さいわい内庭に面しているんですから、露天風に造り替える。そうすれば、高級志向な宿泊客に向いたものになる。今のままではまるきり連れ込み宿だ」

なるみの胆の底にもやもやとしたものが渦を巻く。

(なにを好き勝手言っていやがるんだ、こいつは)

——そうだ。

なるみの思いに賛意を示すように、ガラス窓に風が当たってがたんと鳴った。

「ご親切に、いろいろご教示ありがとうございました」

ややあって、天藤がぺこりと頭を下げた。

「本日の夕食は、七時でよろしいですね？」

昨日に較べ、雨は小降りになっているが、ときおり強い横風が吹く。

こんな天候にも関わらず、秋庭夫婦は出かけるという。山の中の露天風呂に入って昼食をとり、夜にはここへ帰って来る予定だそうだ。それを聞いてなるみはほっとした。

（よかった。とりあえずは逃げられなくて済んだ）

「こちらのご主人は」

土間へ見送りへ出ると、秋庭氏は苦笑いしていた。

「客商売に向いている、とはいえないひとのようですな」

なるみは、すみません、と小声で詫びた。詫びながらも、また渦巻きがぐるぐるとまわり出す。

（コンサルタント、うるさいよ）

「では、行ってきます」

秋庭夫妻は、来たときと同じように、ひとつ傘で睦まじく歩いて行く。その後姿を見るともなしに見ていると、虻田が階段を転げるように下り、土間に飛び出して来た。

「お出かけですか？」

「はい」

ビニール傘を傘立てから引き抜くと、虻田は夫婦が去った方にあたふたと歩き出した。

いつか、秋庭夫妻のようになれる日が来るのだとしたら、やはり考えなおすべきなのだろうか。

両親が別れたことを、寂しいと思ったことはないといえば、嘘になる。自分たちに子供はいないが、十年という月日がある。仲良く手を繋いで、このまま生きていくのだと、間違いなく信じていた時期もあったのだ。

びゅう。耳もとで音がして、横殴りの雨が頬を叩いた。

なるみは毎日、父親の遺品を、少しずつ見ている。

八畳の室に置かれた三棹の箪笥にいっぱいの衣類、鏡台。物置部屋の壁一面を埋めた本棚。父親の私物はそれきりだった。

おかみさんは読書家だったんです、と天藤が言っていた。これらの蔵書は、今は源五郎が読んでいます、とも。

父親は、いったいどんな本を読んでいたのだろう。こわごわ本棚を見てみたが、源五郎に自由に読ませているだけあって、それほど変わった本があるわけではなかった。時代小説や歴史小説が好きだったようだ。単行本と文庫本が、作家別にぎっしり並べてある。

本棚については、それでよかった。問題は、箪笥に鏡台である。

秋庭夫妻を見送ってから、思いきって鏡台の小引き出しを開けてみた。衝撃だった。

（お父さん、サンローランの口紅を使っていたんだ）

しかもどぎつい赤系ばかり。ファンデーションはディオールで、リキッドタイプとパウダータイプの両方を揃えている。

（オークルの20番で、白浮きしなかったかな）

マスカラとアイシャドウはランコム。基礎化粧品も、アンチエイジング効果があるあると大いに宣伝されている、高価そうなものばかりだった。しかも、なるみ自身のメイクボックスより、はるかにきちんと整頓されている。

軽いめまいを覚えて、なるみは引き出しを閉めた。これ以上見続けている気力はない。寝不足だった。

昨日は雄彦に電話をかけ直さなかった。かけたい気持ちはあったが、やめた。そのことが気にかかっていたから、眠りにつけなかったのだろう。

結婚して間もなく、だいぶ激しい言い争いをした挙句、雄彦は言った。

——だったら、別れよう。

そのひと言を聞いた途端、なるみの心が冷えた。別れる、という言葉は、最後通牒だ。言ってしまえば、本当に終わる。なるみにとっては、それだけ重い意味を持つ言葉だった。両親が離婚をしているせいで、よけい過敏になっていたのかもしれない。

だが、雄彦にとってその言葉は単になるみを屈服させる攻撃の一手に過ぎなかった。言うだけ言ってしまえば、寝室で話をうやむやにすることが可能だと考えているらしかった。

のち、仲直りはした。別れるという言葉をおろそかに使わないでくれという意思も伝えた。わかった、と雄彦は言ったが、わかってはいなかった。それからも同じ言葉は幾度となく雄彦の口から飛び出した。

二年前の喧嘩のときも、幕切れは雄彦のその言葉と、なるみの沈黙だった。それまでの生活の中で何度も繰り返されて来たことだった。ひとつだけ違っていたのは、なるみが頑なに寝室の和解を拒んだことだけだ。

このあいだまでは許したのに、今回に限ってなぜ許さないのか。つくづく理解できないと言って雄彦は首を横に振った。

——お前は、おかしいよ。

二度、三度と重なるうち、雄彦も求めなくなった。別々に眠る夜は続いた。ひと月がふた月になり、半年になった。今回は長いな。そう思うだけで、歩み寄りはしなかった。それまでだって許したわけじゃない。我慢をしていただけだ。我慢には限界があるのだということを、敢えて伝えようとはしなかった。

だからいけなかったのかもしれない。今となればそう思う。思っても、取り返しはつかない。そして、このことばかりは、父親にも相談できないことだった。

（天藤さんはどうなんだろう。つき合っている女はいるんだろうか）

「お嬢さん」

襖の向こうから、天藤が呼んだ。

「はあい」

なるみの心臓が跳ねあがった。

「ちょっと、お話しできますか」

「今ですか？」

（ものすごく気まずいから無理です）

本音はそれだが、言えるはずもなく、なるみは帳場兼応接室に入った。天藤は平生どおりの無表情を保って正座している。

「源五郎くんは？」

「物置で本を読んでいるようです」

「そうですか」

（小僧め、邪魔をしてほしいときにかぎって、してくれない気か）

「大人向けの本をもう読めるなんて、すごいですね。どんな本を読んでいるんでしょう」

「忍者ものらしいです。そのあたりは子供ですよ」

いわれてみれば、父親の書棚にはそれらしき題名の本がずらりと並んでいた。

「ところで、話というのは、ひかげ旅館のことです」

天藤は淡々と核心に入った。

「さっきの雪の間さんの件で、思い立ったものですから。蝗沢先生から、なにかお聞きになっていますか」

弁護士の蝗沢とは、父親の墓参りのときにしか話はしていない。さほど深い話もしなかった。

——見てのとおり、水橋の財産はこのひかげ旅館ただひとつです。水橋の遺志は、ひかげ旅館の存続でした。ひかげ旅館を続けていってくれるひとに遺す。水橋の遺言はそれだけです。だから、現在のところ天藤君が引き継いでくれているんです。

「ひかげ旅館は、父が天藤さんに託されたものだと、そのように聞いています」

「おかみさんの唯一の身よりは、お嬢さんです」

天藤はきっぱりと言った。

「現在では、お嬢さんこそが、ひかげ旅館の持ち主です。自分は、しばらくのあいだ、ここを預かっているだけです。今後、このひかげ旅館をどうするかは、お嬢さん次第です」

なるみは息を詰めた。

——むろん、相続権はあなたにあります。できれば天藤君とは、今後について話し合っておかれた方がいいでしょう。

蝗沢先生は、そうも言っていたのだ。それなのに、天藤とは何の話もせず、うかうか今日まで過ごして来てしまった。

「でも」

ようやく口を開いた。

「わたしは、横合いから出て来て、父や天藤さんが築いて来たものを、奪う気も潰す気もありません」

「自分が築いたものなんて、なにもないです」

天藤の表情がわずかに曇った。

「自分は、こちらへ来て六年です。おかみさんにはずいぶんお世話になってしまいましたが、なにひとつお返しはできませんでした」

「…………」

「今の、お嬢さんのお言葉に甘えて、お願いをさせてください」

不意に、天藤は手を膝の前につき、深く頭を下げた。

「源五郎の親は、わけがあって遠くにいます。あと二年ほどすれば、引取りに来ることができるようになります。来ないかもしれません。または、来ても源五郎がそちらへ行きたがらないかもしれません。その場合、源五郎の帰る家として、このひかげ旅館を存続しておきたいと思っています。源五郎が一人前になる日まで、ひかげ旅館は潰さない。それは、源五郎を引き取ると決めてからのおかみさんの考えでもありました。せめて、それだけは貫かせてくれませんか」

いつもは邪険に扱っているように見えるが、天藤は天藤なりの思いを持って、源五郎を守っているのだ。

胸が疼いた。

父親と、天藤と、源五郎のあいだにある、この確かさは何だろう。

(うらやましい)

「頭を上げてください」

なるみは言った。

「頭を下げなければならないのは、わたしの方です。どうぞ、父がしたいと思っていたようになさってください。お願いします」

「お嬢さん、ありがとうございます」

天藤が顔を上げた。眼差しがやわらかい。あ、となるみは息を呑んだ。ここへ来て、はじめて見た。とてもやさしい顔をしている。

(このひとは、無表情なわけじゃないんだな)

「忍法」

だだだだだ、と廊下を走る足音がした。

「忍法・筒涸らし」

「源五郎」

天藤が立ち上がった。

「家の中を走るなと言ってあるだろう」

襖を開けて廊下へ出て行く。このひとは今、少々気恥ずかしいのかもしれない、となるみは思った。

風がまた吹き寄せて、窓ガラスをびりびり震わせた。

四

土曜日、午後一時半過ぎ。

「天藤さん」

呼び止められて、傘の縁を上げた。

「山内先生」

源五郎の小学校の教師、山内麻由美先生である。

「今、お忙しいですか」

麻由美先生は、遠慮がちな微笑を浮かべていた。

天藤は返事をためらった。買物の帰りだった。夕食の支度を急ぐわけではないが、キャベツやきゅうりの入った袋を片手に下げて、暇ですとも答えにくい。

「よろしかったら、お茶でもいかがですか?」

「源五郎のことですか」

麻由美先生は、一、二年生のときの担任だった。おかみさんに代わって学校行事に顔を出した際、知り合った。源五郎は問題児である。話をする機会も多かった。担任ではなくなった後も、今のように路上でばったり出くわしたり、天藤が出稼ぎに行く店で麻由美先生が昼食をとっていたりするので、しばしば顔は合わせている。温泉街だけにひとの出入りは激しいが、住んでいる人間にとっては狭い町なのだ。

「……ええ」

「では、そのあたりでお話をしましょう」

商店街を抜けて、虎立大橋へ通じる目抜き通りまで出ると、喫茶室『いどばた』に入った。オレンジ色の瓦屋根に壁は白い下見板張りの、洋風な造りの店である。

雨の中でも、観光客はよく歩いている。しかし、店内は空いていた。窓に沿った奥のボックス席に競馬新聞を手にした初老の男がひとり。カウンターの手前では、ベージュのニットキャップをかぶった老婆が煙草をくゆらせている。二人とも、天藤と麻由美先生が店へ入るなり視線をこちらに向けた。ボックス席のひとつに向かいながら、天藤はその両方に向かって会釈をした。競馬新聞もニットキャップも、近所の住人なのである。

「いらっしゃい、テンドーさん」

髪の薄い口ひげを生やした五十がらみのマスターが注文を取りに来た。

「おデートですかい」

「違います」

キャベツときゅうりを持って、デートなわけがあるか、と胆で言う。

「天藤さんとは、ついそこで、ばったりお会いしたんです」

麻由美先生が弁解がましくつけ加えた。

「そうですかい」

マスターはにやにやしている。このマスターもせみのゆ老と同じく『女王蜂』の常連である。さっさとこの場を外してもらいたい。天藤はホットコーヒー、麻由美先生は温かい紅茶を、ろくろくメニューも見ずに注文した。もっとも、メニューを見たところで、コーヒーも紅茶もアイスかホットの二択しかできない店ではあった。

「うちの源五郎は、また学校へ行っていないんですか」

「みたいです」

麻由美先生は、仕方なさそうに笑ってみせた。

「先週、一度だけ廊下ですれ違ったんです。そのときに声をかけたんですけど、源五郎くん、今は学校どころじゃない、旅館の方が大変なんだって言っていました」

なにが大変なものか。天藤はあきれた。

どうしても厭なら、無理に学校へ行かせなくてもいい、というのがおかみさんの考えだった。

――しかし、テンドー君はテンドー君で、思うように注意しなさい。大人の意見はひとつじゃいけない。

「でも、少しは安心したんです。おかみさん、……水橋さんが亡くなられてから、源五郎くん、本当に元気がないように見えましたもの」

「………」

「それが、先週はすっかり以前と同じ表情に戻っていました」

戻り過ぎだと思う。

「源五郎くんは、下の学年の子に好かれているみたいですね。一年生や二年生の子たちから聞いたんです。とてもお話が面白いんですって」

どんな話をしているのか、わかったものじゃないが。

「難しい本も、たくさん読んでいますよね。小学五年生になったばかりとは思えないくらい、国語力はあると思います。それは担任の先生もおっしゃっていました」

困ったことに、別の力もついてしまっている。先ほど物置へ行って、源五郎が読みさして床に置き放していた本をめくってみて、天藤は胆を潰したのだ。忍者が戦う物語を読んでいるというから、印を結んでどろんと消えるとか、大きながまがえるを従えるとか、その手の子供らしい話を想像していたのだが、ぜんぜん違った。忍びの男女が性の技法の限りを尽くして対決するという、大人向けすぎる小説だったのである。道理であのおませ小僧が興奮して走りまわるわけだ。

とんでもない。源五郎には早すぎる。断固として取り上げたい。

しかし、読むなと命じても、素直に聞き入れはすまい。本を隠したところで、探し出して読むだろう。それは天藤自身の子供時代を思い出してもわかることだ。あんないやらしくて面白いもの、いったん知ったら読まずには済むまい。

「お待ち遠さま」

マスターがコーヒーと紅茶を運んできた。

「天藤さん」

麻由美先生は、思いきったように言った。

「水橋さんの娘さんがいらしているそうですね」

カップを取り上げかけていた、天藤の指先が止まった。

「その方が、旅館のあとを継がれるんですか?」

「源五郎がそう言いましたか?」

「いいえ。あの子はなにも言いませんけれど」

刺すように返した天藤の視線から逃れるように、麻由美先生はうつむいて砂糖壺を手に取った。

「ただ、いろいろなところでそういう話を耳にするものですから」

白砂糖を二匙、カップに抛りこんで、かきまわす。住むには狭い町である。そのうえ、噂好きが多い。

ひとりは間違いなくわかっている。せみのゆ老だ。

そして、この店の中にも、全身を耳にして聴いている人間がいる。天藤はそれとなく左右に眼を走らせた。カウンターの中に入って洗い物を片づけているマスターか、こちらに背を向けて身じろぎもしないニットキャップか。物音ひとつ立てずに背後にいる競馬新聞か。はたまた全員か。

まあ、気にしてもしょうがない。こういう町なのだ。天藤はふたたびカップに手をのばした。

「その女性と、天藤さんが結婚なさって、ひかげ旅館を続けていかれるとも聞きました」

天藤は、二十五秒ほど固まった。

「……何ですか、それは?」

「本当なんですか?」

「まったく違います」

ここは、噂好き連中にも聞こえるようにはっきりと言っておかねばなるまい。天藤は心持ち声を張り上げた。

「おかみさんのお嬢さんには、ご主人がおられます」

麻由美先生の表情が明るくなった。

「そうなんですか?」

「おかみさんの後始末などがあるので、現在はこちらに滞在なさっていますが、そのうちご自分の家へ戻って行かれるひとです」

「ああよかった」

よかった?

なにがいい。よくはない。

カップを取り上げ、口に運ぶ。次の瞬間、天藤はぶほっと咳込んだ。

「どうかしまして?」

「紅茶です」

「は?」

「コーヒーを頼んだはずなんですが」

「あら、どうしましょう」

麻由美先生は泣きそうな顔でうろたえた。

「コーヒー、私の方に来ていました。ぜんぜん気がつかないで、お砂糖を入れちゃいましたわ」

「自分も気付きませんでしたから、仕様がないです」

「もう一度、注文します?」

「いいえ、自分はこれでいいです。先生はどうされますか」

「私も、コーヒーで結構です」

麻由美先生は面目なさそうに肩を落とした。

「すぐ前にあるのに、紅茶かコーヒーかの見分けもつかなかったなんて。どうかしていますね、私」

「どうかしているのは、先生じゃありません」

「え？」

たった今、自覚した。

自分の中で、ある感情が生まれかけている。

しかしそれは、紅茶なのかコーヒーなのか。困ったことに、すぐ前にありながら、天藤自身にもわからない。


天藤が、麻由美先生と『いどばた』で対座している同じ時間。

ひかげ旅館の固定電話がぷるるると鳴った。

「はい、ひかげ旅館です」

電話に出たのは、帳場兼応接室でごろりと横になって、ビスケットをむさぼり食いながら文庫本を読んでいた源五郎だった。寝ながら食いも食べながら読みも、天藤の前ですると叱られるので、留守を狙ってのびのび実行するのが習いなのである。

「ああ、あぶさん」

なるみは台所で湯呑を洗い、布巾をすすいでいた。ふだんは天藤の聖域だが、食器洗いとお湯を沸かすくらいはなるみも出入りするのである。

足もとは土間続き、上が吹き抜けで屋根に天窓がある、いかにも古い構造の台所だった。だが、ガスコンロやステンレスの流し台や作業台は埃ひとつなく、壁に吊るされた銅製の鍋やたまご焼き器、出刃包丁や菜切包丁に至るまで、ぴかぴかに磨かれて隙もなく配置されている。いかにも天藤の性格を表しているように思えた。これではよけいな手を出しようがないし、出せるはずもない。

「で、今日はお泊まりなんですか。何ですって?」

蛇口を閉めると、源五郎の大声がびんびん耳に届いてくる。

(電話を任せておいて大丈夫かな)

なるみは小走りで台所を出た。

「雪の間のご夫婦?　あのひとたちは今晩もお泊まりですよ」

「源五郎くん」

なるみは土間から廊下に上がって、帳場兼応接室に駆け込んだ。

「電話、替わるわ」

「切れた」

源五郎は口をもぐもぐ動かしながら、受話器を置くところだった。

「あぶさん、もう一泊するってさ」

あぶさんじゃなく、虻田さん。なるみが訂正する前に、源五郎は首を傾げた。

「なにか変だね、あぶさん」

「変？」

どうしてそう思うのか、訊ねようとしたが、できなかった。

なるみの携帯電話が鳴り出したからだ。


「どこにいるんだ」

雄彦が、投げ出すように言った。

「どこって、同じ場所よ。父の旅館」

「そのわりには、後ろがざわついているな」

「軒下に出ているの。雨の音。それから、風も出ているから」

「ふうん。東京《こっち》は雨なんか降ってないけどな」

こうして連絡が取れた以上、触れたくないところに触れなければならない。小さく息を吸いこんでから、言った。

「昨日の昼間、電話をくれたわよね？」

「……ああ」

「すぐにかけ直したんだけど、電話に出たのは、あなたじゃなかった」

雄彦は黙っている。

「誰が出たの？」

「たぶん、会社の女の子だ。俺が席を外していたんで、気を利かせたつもりで電話を取っちゃったんだろう」

「無言で切られた」

「社用だと思っていたのに、着信を見たら奥さんだったんで、びっくりしたんじゃないか」

「二度、かけたの。二度目も出たのよ」

「疑っているのか」

雄彦は聞こえよがしな舌打ちをした。「いい加減にしてくれ」

「会社の子じゃないでしょう。それは確かね」

雄彦は再び黙り込んだ。雨が少し激しさを増したようだ。

「……いつまでそこにいるつもりだ？」

「あなたが誰かさんと会わなくなるまで」

「会っていない」

「信じられない」

「信じられないなら、俺たちは終わりだ」

（また、このひとはこういう言い方をするのか）

次の瞬間、折れ曲がったような風が吹いて、軒下に雨が吹きこんだ。なるみの肩に、ばさりと雨がかかった。

——進め。

誰かに、そう囁かれた気がした。

——いくら引きのばしても、同じことだ。思いきって前に進め。

「そうね」

なるみの口が、勝手に動いた。

「もう、別れるしかないのかもね」

（言った）

自分自身が信じられなかった。

今までの結婚生活の中で、決して言うまいと思っていた言葉が、あまりにもすんなりと口から出てしまったのだ。

「言ったな」

雄彦の声が変わった。

「別れるなんて、俺は言っていない。口に出したのは、お前だからな」

「言葉は違うけど、同じことを言ったじゃないの」

「お前が勝手にそう思い込んだだけだ」

言い合いになると、いつも雄彦はこの種の詭弁を弄する。なるみは眼を閉じて苛立ちを鎮めた。

「決めたのは、お前だからな」

通話口の向こうで、雄彦は勝ち誇ったように言った。

「彼女は関係ない」

「え?」

(今、このひとは何と言った?)

なるみの心臓が高鳴った。

「自分から家を出て、挙句は別れたいと言い出したのは、あくまでお前だからな。他の人間は巻き込むな」

「…………」

肩先を撫でるぬるい雨が、背中までじわじわと拡がっていく。信じられない。信じたくない。

「問題はすべて俺とお前のあいだで起きていることだ。ほかの誰かは関係ない。巻き込もうとするな」

(このひとは、「彼女」を守ろうとしている)

濡れたシャツがべったり肌に貼りつく。胃の腑がせり上がる。

(気持ちが悪い)

五

土曜日の夜、九時半過ぎ。

二組の宿泊客の食事の片づけをひと通り済ませ、天藤は源五郎とせみのゆへ行った。

「テンドー君」

番台のせみのゆ老が意味ありげに笑っていた。

「何ですか」

「昼ごろ、麻由美先生とお茶しとったろう?」

「情報が早いですね」

「初耳だ」

肩の後ろで源五郎が言った。

「お前は先に入っていろ」

天藤は源五郎の両肩を摑んで奥へと押した。

「まったく、テンドー君はあちこちで岡惚れされとるわなあ」

身を乗り出してこぶしを突き出し、せみのゆ老は天藤の肩をばん、と叩いた。「憎いがね、この男前」

冗談にしては痛かった。

「そういうことではありません」

「いやいや、そういうことなんだって」

「岡惚れの天秤はふとしたはずみでいともたやすく嫌いに振れる」

頭からTシャツを抜きながら、源五郎が叫んだ。

「……って、おかみさんが言っていた」

その通りだ。

たとえ好かれているのだとしても、期待を持たせているあいだだけのことだ。いずれは失望させる破目になる。そして好かれたぶんだけ嫌われる。

「今日は一日、見かけんかったが、あの子は相変わらずか？」

天藤は返事ができなかった。なるみは明らかに元気がなかったのだ。口数も少なく、夕食もほとんど食べなかった。

「しかしな、テンドー君。人妻はいかんが」

「何のことです」

「あの子、亭主がおるんだろう。道ならぬ恋を仕掛けるのは、ワシ、感心せん」

天藤は唖然とした。

「……誰もそんな仕掛けはしていませんが」

「違うか。やっぱり」せみのゆ老は腕組みをしてみせた。「おかしいと思ったが、そう言っとる人間がおったんでなあ」

「誰です」

せみのゆ老は女湯側に視線を走らせた。番台の向こう側に、風呂から上がって着替えを済ませたと思しき女客の頭部がちらりと見えた。ベージュのニットキャップをすっぽりかぶったところだった。

いた。

軽いめまいを覚えて眼を閉じる。

「天藤一浩」

背後で大声が上がった。

「テンドー助平」

こめかみに静かな怒りを脈打たせ、天藤が振り向いたときには、源五郎はもう風呂場へ姿を消していた。


「天藤さん」

せみのゆから帰って、洗いおえた食器類を戸棚にしまっている天藤に、なるみは思いきって声をかけた。

「お酒は飲めます?」

天藤は頷いた。

「少しだけ、つき合ってくれませんか。さっき、酒屋さんで何本か缶ビールを買っておいたんです」

「瓶ビールなら、冷蔵庫に入っています」

「お客さん用でしょう。いけません。自分用ですから」

（そう。自分のやけ酒用は別にしないとね）

「お嬢さん、酒はお強いんですか」

「普段はほとんど飲みません」

しかし、今は飲みたい気分なのだ。

「すみません。すぐ酔っ払うので」

天藤はためらっているようだった。

「無理ではありません。お疲れですよね。無理にとは言いませんから」

「無理ではありません」

天藤は思いがけず強い調子で答えた。

「では、少しだけご相伴します」


「大丈夫ですか」

五百ミリリットルの缶ビールをグラスに注ぎ分けながら、天藤が訊いた。

「ええ。どうしてです？」

「具合があまりよくないように見えます」

「天藤さん」

なるみは、できるかぎりの笑顔を作って、言った。

「せみのゆのご主人と父は、なぜ仲違いをしたんですか？」

天藤は、ひと呼吸置いてから答えた。

「酒の席で、言い争いがあったようです」

「せみのゆのご主人、親切でよさそうな方なのに」

「瀬見さんには、多少、お節介なところがあります」

天藤は慎重に言葉を選んでいる。

「おかみさんは、他人との距離の保ち方には、極めて敏感なひとでした。だから行き違いがあったのだと思います」

「距離？」

「走っている自動車に車間距離が必要なように、生きている人間同士にも適度な間が必要だ。それがおかみさんの信条のひとつでした」

（いかにもお父さんが言いそうなことだ）

「たいがいの人間は、走りたい速度で走ろうとしすぎて、前の自動車との距離をぎりぎりまで詰めて煽ったりする。そんな真似をしても、よけいな事故を起こすだけなんですが」

「悔しいですね」

「悔しい、とは？」

「わたしは、父とは会えなかった。天藤さんは、父を知っている。いいところも、困ったところも。わたしはなにも知らない。それが寂しいし、悔しいんです」

「………」

「わたし、天藤さんにも源五郎くんにも、少しやきもち妬いているんです。子供じみていますよね」

なるみはグラスの中のビールをひと息で空けた。

「そんなだから、夫《だんな》にも嫌われちゃいました」

「どうしたって、嫌われるときは嫌われるんです」

天藤は缶ビールの中身をなるみのグラスに注いだ。

「自分も嫌われました」

「天藤さん、ご結婚は？」

「するつもりではいました」

「なさらなかった？」

「見てのとおりです。つまり、嫌われた結果です」

なるみは、ははあ、と言う以外になかった。

「じたばたしても無駄だと、おかみさんに言われました。色恋沙汰には、思いきりが肝心だ、と諭されもしたんですが」

「恋する女とアスリートは、退きどきが肝心？」

「そうです。そう言われました」

（お父さんは、天藤さんにも同じことを言っていたのか）

「しかし自分は女でもアスリートでもない。女々しい男ですので」

天藤はにこりともせずに言う。

「だいぶじたばたしました。今でも、完全に思いきれてはいません」

「男のひとって、次から次へ他の女に心を移してしまえるものだと思っていました」

「そういう男もいますし」

天藤はグラスの中身をゆっくり飲みほした。

「そういう女もいます」

なるみは二本目のビールの口を開けた。

「お嬢さん」

「はい？」

「あなたは、いったん家へ帰られた方がいい」

なるみは息を詰めた。

「いつまで時間を稼いでいても、なにも変わりません。ご主人とお話をなさらないことには、事態は動きません。たいていの男は自分から物事を変えることはしたがらないものなんです」

天藤は、手の中にある空のグラスを見据えながら、言葉を継いだ。

「ずるずる、ずるずる、それがどんなに悪循環であれ、同じ状況を続ける。切り替えられないんです」

「天藤さんも、そうだったんですか？」

少し間を置いて、天藤は頷いた。「ええ」

「天藤さんは、冷静なひとですね」

「冷静ではありません。だからこんなよけいなことを言ったんです」

なるみは、え、と訊きかえした。

次の瞬間。

どたんばたん大きな音がして、天井から埃が落ちてきた。

「なにごとでしょうか」

天藤が腰に手をやって、携帯電話を取り出した。

「源五郎か。なにをしているんだ」

通話口に向かって言いながら、立ち上がって部屋を出る。

「すぐに行く」

天藤は階段を駆け上っていく。なるみも続いた。


怒声。

「のぞき野郎」

秋庭氏の声だった。

「警察へ突き出してやる」

「警察を呼んだら、困るのはあなた方じゃないんですか」

なるみは驚いた。

(返事をしているのは、虻田さんだ)

「どうしたんですか」

天藤が声をかけた。雪の間と星の間のあいだの廊下に、秋庭氏が虻田の襟首を摑むように引き据えているのが見えた。

「ちょうどいい。ここに証人がいる」

虻田は居直ったように言いながら、天藤となるみを見た。

「本当にいいんですか、警察を呼んでも?」

雪の間の入口には、秋庭夫人が不安げな顔を覗かせている。そして、その横に、なぜか源五郎がにやにやしながら立っている。

「あんたは、何者だ?」

秋庭氏は虻田を捕まえていた手をゆっくりと離した。その声も、明らかに勢いを失くしていた。

「わかったわ。あのひとね」

いきなり奇声が上がった。秋庭夫人だった。

「うちの亭主が雇って、あとをつけさせたんでしょう」

別人のように形相を変えて、秋庭夫人は虻田に詰め寄った。

「あんたみたいな、こそこそした犬野郎を雇って」

「奥さん、眼を覚ましなさい」

虻田は両手を上げて制した。

「ご主人だって、考えたすえのことなんですよ」

「黙りなさい」

秋庭夫人は鋭く言い返した。

「他人のあんたになにがわかる。偉そうに命令するんじゃない」

蛇田は素直に身を縮めた。「はい」

「あのひとに、私を責める権利なんてない。なにがご主人？　笑わせるんじゃないよ。娘たちが代わる代わる熱を出したり吐いたりするたびに、夜も寝ないで看病したのも私なら、脳溢血の後遺症で半身が利かなくなったお姑《かあ》さんの面倒を最後までみたのも私。そのあいだ、あのひとはなにをしていた？　いちばん助けが欲しいときにかぎって、いつも家にはいなかった。仕事だ、お酒だ、麻雀だ。挙句の果てには飲み屋の女と浮気。私が胆嚢炎で入院したときだって、ろくろく見舞いにも来なかった。結婚してから三十二年間、あのひとには酒も博奕も女もあったけれど、私には何の息抜きも慰安もなかった。三十年以上よ、三十年以上も辛抱して来たのよ。なにが眼を覚ませだ、馬鹿野郎。あの亭主には、てめえこそ少しは眼が覚めたかと言いたいわ」

ここまでわめいて息が切れたらしく、秋庭夫人はがっくりと肩を落とした。

「奥さん」

蛇田がおずおずと口を挟んだ。

「末の娘さんのご結婚が決まりそうなんですよ」

「佑未子が？」

秋庭夫人は、はじめて動揺の色を顔に浮かべた。

「せめて娘さんが無事に結婚式をあげるまでは、自分の妻であってほしい。それがご主人のご希望です。それから先のことは奥さん自身が決めればいいということでした」

「あんたを使って、不倫旅行の証拠はしっかり固めたしね」

秋庭夫人は鼻先で笑った。

「で、そのあとは、裸同然で家を追い出そうというわけ？」

「過ちを犯したとはいえ、あなたは三人の娘さんたちの母親です。ご主人も悪いようにはなさらないと思います」

「佑未子は、いいえ、貴美子も恵美子も、みんな怒っているでしょうね」

秋庭夫人の声が弱々しくなった。

「とにかく、いったんはご自宅に帰ってください」

「帰る？」

秋庭夫人は深く息を吸って、両手で顔を覆った。

「帰ったって、許してくれるはずはないわ」

「あのう」

出る幕のまるでなかった秋庭氏が、弱々しく口を出した。

「このひとに、少しだけ考える時間を与えてやってくださいませんか」

「ひらたく言えば、駆け落ちです」

解説をしたのは、虻田だった。

「奥さんは奥さんでも、あのひとは久津輪さんとおっしゃる方の奥さんなんです。で、あたしは久津輪さんに頼まれて、奥さんたちの跡を追ってきたわけです」

雪の間の二人を残し、天藤となるみと虻田は、帳場兼応接室で顔を合わせていた。源五郎は天藤にこの場を追いはらわれている。

「虻田さんは、探偵さんなんですか」

「そういうことになります。あたしとしては、二人の動きを常に押さえておく必要がありました。だから彼らの隣りの部屋に移らせてもらったようなわけです」

(なるほどね)

トイレの水音うんぬんというのは、ただの口実だったのだ。

「あの奥さんも、六十路を越えて何の魔が刺したんですかね。自称経営コンサルタントなんて、変な男に引っかかってしまった」

「自称?」

「実際、コンサルタントという名刺は持っていました。このお部屋でも、熱弁をふるっていたようですな。ただ、資格があるわけじゃない。とにかく口がうまいんです。危ないところでしたね」

「危ないって?」

「うまく行けば、コンサルタント料と称して、いくばくかの金を受け取るつもりだったんだと思います」

なるみは耳を疑った。

「そこまでする気はなくとも、あわよくばただで泊まれると思ったんじゃないでしょうか。奥さんも、貯金を持って出たとはいえ、それほど無限にお金は続かないでしょう。高の知れた額ですからね」

「どうして?」

なるみは茫然と言った。「どうして、ひかげ旅館を選んだんですか?」

「はやってなさそうな宿なら、かえって引っかかると思ったんじゃないでしょうか」

(またそのパターンか。どうしてこうも足もとを見られるのだ、うちは)

「あぶさん」

源五郎の怒鳴り声がした。

「逃げるぜ、あの二人」

「何だって」

虻田は倉皇と立ち上がる。天藤が土間とのあいだの襖を素早く開け放った。秋庭氏が外へ飛び出して行く背中が見えた。

「精算がまだだ」

天藤は驚くほどの身軽さで後を追った。

なるみも土間へ出て、入口へ向かう。帳場の机の引き出しをがたがたいわせていた源五郎が、さらに後ろから走り出した。

闇の中で、雨が激しく降っている。

十分ほどのち。

天藤と源五郎は、全身濡れねずみになって戻ってきた。秋庭夫妻は、目抜き通りに出る前に取り押さえられたという。

「宿代は受け取りました」

雨水をぼたぼた滴らせながら、天藤が言った。

「きっちり二泊分、特別料金つきで精算させたぜ。領収書もお釣りも、ちゃんと持っていったからな」

源五郎は濡れたセカンドバッグを誇らしげに掲げた。飛び出す前に帳場の机から持ち出したらしい。

「おれが見張っていなかったら、逃げられるところだった。まったく油断も隙もないやつらだ」

（お前もだ）

半ばは感心し、半ばはあきれつつ、なるみは二人にタオルを手渡した。

「秋庭さんたちは、どうしましたか」

「虻田さんは、駅前からタクシーを捕まえると言っていました」

「こんな時間では、もう電車はないでしょう。ここへ帰ってくればいいのに」

「あぶさんとすれば、さっさと家に連れ戻す方が無難だと思ったんじゃないの」

源五郎はタオルで髪をごしごしこすりながら言った。

「どうせタクシー代はまるまる必要経費だし。あの二人、隙さえあれば逃げそうだもの。ことにおっさんの方が往生際が悪そう」

「あとは」

天藤がタオルの中からくぐもった声を出した。

「我々には、関係のないことです」

「今しがた、お風呂にお湯を張っておきました。二人とも、今夜は温まってから休んだ方がいいと思います」

「すみません」

タオルから顔を出し、天藤は頭を下げた。

「源五郎、先に入れ」

「へい」

セカンドバッグをなるみへ押しつけると、源五郎は軽い足どりで廊下の奥へ向かって行った。

「源五郎くんは、秋庭さんたちのことを勘付いていたんですね?」

「そのようです。今夜も二階で張り込んでいましたから。困ったことに、あいつの勘は鋭いんです」

「天藤さんは、気付いていました?」

「夫婦ではないとは感じていました。眼つきが違いましたから」

「眼つき?」

「今朝、ここで旅館経営がどうとかいう話をしていたとき、秋庭さんはしきりに奥さんの様子を窺っていました。自分の知識を誇るというより、お客さんに媚びた眼でした。飲み屋の女が、ボトルもう一本頼んでいいかしら、と言い出すときのような眼です」

「すごい」

なるみは感嘆した。シャーロック・ホームズみたいだ。

「一緒に行動をしている女に対して、まだまだ野心を抱いている男なのだろうと思いました。本当の夫婦だったら、ああいう眼つきはしないでしょう。虻田さんが言っていたように、宿代をうまく踏み倒すためだけじゃなく、愛人《おんな》の前でいい格好をしたかった部分もあるのではないでしょうか」

そのように考えていたからこそ、秋庭氏の演説に対する天藤の対応が冷たかったのだ。なるみは嘆息した。

(わたしだけが、ぜんぜん異常を感じていなかった)

それどころか、ああいう風に仲良く旅ができる老夫婦になりたいなどと、感傷的に考えてさえいたのだ。

ひかげ旅館へ来る客は、何の因果で、こうもわけありなひとたちばかりなのだろう。こんなお客さんばかりを引き寄せてしまう、今の状態を何とかしたい。しなければならない。

「天藤さん」

——ひかげ旅館を建てなおしましょう。

そう言いたかった。しかし、なるみの口をついて出たのはまるで違う言葉だった。

「明日、東京へ帰ります」

突風が吹いた。

第四話　星の間

波の音かと思った。

だが、そんなはずはなかった。山に囲まれた町なのである。

木々が激しく風に揺さぶられ、枝葉をこすり合わせる。ざざん。ざざざん。その音が、まるで波が寄せるように聞こえているのだ。

ざざん。ざざん。

——それでいいの。本当にいいの？

夜のあいだずっと、なるみの気持ちを質すように、山は身を震わせていた。

一

曇天。雲のあいだから薄く日が差している。

「まさか、こんな姿になってまうなんて、やりきれんわなあ」

墓石を前に、星の間氏は何度目かの溜息を落としていた。

「若いひとから先に逝ってしまうのは、まったくかなわん」

（若いかなあ）

なるみは首を傾げた。しかし、五十九歳で死んだ父親は、八十歳を越えていると思しき星の間氏からみれば立派に若者の部類に入るのだろう。

「あんたのお父さんのことは、子供のころから知っとった」

星の間氏はしんみりと言った。

「おふくろさんが経営しとったころから知っとる。あんたにはおばあさんに当たられるんか」

返事をする前に、敷石を鼻で突いていたシーズー犬がひと声啼いた。

「ぐわふ」

「さゆり」

老人は眼を細めた。

「お前も寂しいだろう。ここへ来ればおかみに会えると思っとったのにな」

星の間氏は首を大きく左右に振った。

「予想外の展開だったわ」

それをいうなら、なるみもご同様だ。

本当は、午前中に家へ帰るつもりだったのに、こうしてお客さんのお供をして、ふたたび父親の墓参に来るなりゆきになってしまった。

昨夜のあいだに、荷物は作った。正直なところ、帰りたくない。だからひと晩中、寝つかれず風の音を聴いていた。

ざざん。ひゅう。がたん。

風の合間に、天藤の声が聴こえる。

――あなたは、いったん家へ帰られた方がいい。いつまで時間を稼いでいても、なにも変わりません。

そのとおりだ。わかっている。いつまでもずるずると逃げてはいられない。答えを出さなくてはなるまい。雄彦に対しても、そして、自分に対しても。

ざざん。ざざん。

風が訊く。わかってはいるのだ。しかし、なるみはまだひかげ旅館に留まっていたかった。なぜなのか、自分でもわからない。ひかげ旅館での日々の明け暮れが、落ち着ける居心地のよいものであった、とはまるでいえないからだ。妙な事情を抱えたお客さんが転がり込み、騒ぎを起こす。宿代は格安なのに、その宿代すら踏み倒そうとする手合いが次から次へとやって来る。油断も隙もない。

常連のお客さんも、ひと癖もふた癖もありそうにみえる。いい例が、この星の間氏だ。

「ついさっきまで、おかみのことはなにも知らんかった。テンドーも気の利かん男だ。どうしどうしてわしに知らせんのだろう？

「それはですね」

なるみはおそるおそる言い返した。

「お名前もご連絡先も存じ上げないからだと思います」

「まあ、そういう風にいえんこともない」

(なにが、そういう風にいえんこともない、なんだか)

祖母の代から知っているほど古い交際《つきあい》である、というわりに、星の間氏はひかげ旅館で本名を名乗っていなかった。当然、住所もわからない。気ままな訪れを待つ以外には、連絡の取りようがないのだ。

(もしかしたら、お父さんだけは、星の間氏の実名を知っていたのかもしれないけれど)

だが、天藤も源五郎も、聞かされてはいなかったという。

「ずっと、星の間さん、という名前で通っていたんだ」

と、源五郎は言っていた。

「一年に何回か、予約なしで必ず来るお客さんなんだ。で、星の間に泊まる。大昔からそうだったんだってさ。だからいつでも星の間は最後まで空けておくことになっている」

いわれてみれば、なるみも思い当たる節があった。一昨日、部屋を替わりたいと言い出した蛇田を星の間に移した。せみのゆから戻ってきた天藤にそのことを報告すると、そうですか、という返事が来るまで五秒ほどの間が空いたのである。

(なぜ、本名を名乗らないのだろう)

訊ねるわけにはいかない。お客さんにはそれぞれ事情がある。その事情を飲みこんだうえでサービスに努めることが、これからの旅館業にはいっそう求められて来ることなのだ。

(誰が言っていたんだっけ。ああ、そうだ。自称コンサルタントの秋庭さんだ)

げふげふげふ。足もとのさゆりちゃんが吠える。老人の咳《しわぶき》のような声である。ちっとも犬らしくない。

「さゆりちゃんって、可愛い名前ですね」

つまりは、可愛い顔ではなかった。毛色は焦げたような茶色と白が混じっていて、にごった眼にぺしゃんこな鼻、いつも半開きの受け口。忌憚なく言うならば、カレーパンをつぶしたようなご面相である。まめにブラッシングやトリミングをしている様子にも見えない。使い古したモップに似ている。

「まったく顔と合わん名前だと思っとるだろう」

星の間氏は、なるみの内心を見抜いたように言った。

「鼻に一発、ストレートパンチを食らったような面だ。そう思っとるな」

(どうしてわかるんだ)

「いいえ、決してそんなことはありません」

「それでいいんだ」

星の間氏は眼を細めてさゆりちゃんを見下ろした。

「そこがいいんだわ。わしにとっては、そこが可愛い。つんと鼻の尖ったやつはどうも好かん。

女でも、犬でもなあ」

なるみは、はあ、と言うしかなかった。

「いつもご旅行は、さゆりちゃんとご一緒ですか」

「置いては出られん。こいつの面倒をみとるのはわしだけだ」

星の間氏は腰をかがめ、さゆりちゃんの頭から背中にかけていとしげに撫でた。

「わしの相手をしてくれるのもこいつだけで、な」

（かなりの高齢なのに、家族はいないのだろうか）

「さゆりはもともと、あんたのお父さんが飼っとったんだ」

「そうだったんですか」

なるみはちょっと驚いた。

「十年ほど前に、わしが頼んで譲ってもらった」

さゆりちゃんはもともと、この町の飲み屋の女の子だったか若奥さんだったかの飼い犬だったのだという。

「飼いはじめたはいいが、飼いきれんから保健所へ持っていくというのを、あんたのお父さんが引き取ったんだわ」

仔犬のころのさゆりちゃんは猛獣だった。家にいれば、鋭い爪で襖を破く。絨毯に穴を開ける。畳を掘る。ごみ箱を倒す。スリッパを食いちぎる。新聞を食べる。ティッシュの箱を破壊して、部屋中を雪景色にする。散歩好きで、しじゅう外に行きたがって、飼い主が立ち上がるたび、げふげふ吠える。外へ出れば、行きあう人間ひとりひとりに向かってごふごふごふと喧嘩を売る。

「一匹で愚連隊をやっとるようなもんだで。口先で可愛い可愛い言っとるだけじゃ、とうてい飼いきれん犬だった」

(厳しいな、それは。第一、さゆりちゃん可愛くないし)

「そういうとき、あんたのお父さんは、いつだって面倒をかぶる側にまわる人間だった。だからさゆりを貰い受けたんだわな」

いかにも野生。いかにもけだもの。虎立温泉にふさわしいじゃないか。父親はからからと笑っていたそうだ。

「さゆりだけじゃない。相手が人間でも同じだわ」

「人間?」

「さゆりがおったころは、派手なおばちゃんが通いで手伝いに来とった。おかみと合わんで一年くらいで辞めて、町のあちこちを転々とした。たいがいは自分から辞めるんじゃない。お喋りが過ぎるんで、すぐに揉めごとを起こしてまうで、どこでも勤まらせんのだわ。で、馘首になるたびにひかげ旅館へ逃げてくる。おかみは文句を言いながらも使ってやる。その繰り返しだった。まあ、長続きはせんのだが」

「そんなことがあったんですか」

なるみは嬉しいような歯がゆいような気持ちになった。

「そのひと、今はどうしているんでしょう？」

「駅前の案内所におるがね」

なるみは仰天した。

（あの案内所のおばさん？）

「あそこに勤められたのだって、おかみの口利きがあったお蔭なんだわ」

「でも、あのひと、ひかげ旅館のことをあまりいい風に思ってはいないみたいですけど」

「親切にしてくれた相手に感謝をする人間だけが、この世の中におるわけじゃない」

星の間氏は、渋い表情をした。

「親切にされればされるほど、してくれた相手のことが気に食わなくなる。そういう人間もおるもんだでね」

「…………」

なるみには、よくわからなかった。

「テンドー君も、はじめはホテル虎立館の鮨屋におったんだ。手先が器用な職人でな、笹切りがうまい。見たことはあるの？」

「いいえ」

「包丁で笹の葉を切り絵にして、仕切りや飾りに使うんだわ。このごろではあまり凝ったものを見かけることは少ないけども、テンドー君はちょっとしたものだった。松竹梅から鶴亀まで、ようできとった」

あの天藤にそんな特技があったとは、意外である。

「そのあとは源五郎が来た。最初は誰とも眼を合わせせん、陰気な子だったが」

（陰気？）

「今ではけっこう喋るようになったわな」

けっこうどころではない。喋りすぎるほどだ。

「さゆりはあの二人より古顔なんだわ」

星の間氏はさゆりちゃんを胸に抱きかかえた。

「あんたが噂のお嬢ちゃんだったか。やはりどことなくおかみの面影があるわね」

なるみは笑おうとした。が、両唇の端が歪んだだけだった。うっかり化粧をした父親の顔を思い浮かべてしまったのである。

「おかみから、いつもあんたの話は聞いとった。まさかこんな形で会えるとは思わんかった」

今朝、ひかげ旅館へやって来て、父親の死を聞かされるなり、なるみと一緒に墓詣りがしたい、と言い出したのは星の間氏だった。

「ひかげ旅館は、わしにとってかけがえのない場所だった」

さゆりちゃんの頭を撫でながら、星の間氏はゆっくりと続けた。

「わしには、さゆりしかおらんで、ときどき、誰かに話を聞いてほしいときもある。そんなとき、ひかげ旅館はいつでも迎え入れてくれる。そういう場所を、おかみが、――あんたのお父さんが、一生かけて作り上げてくれとった」

（こんなことを言ってくれたお客さんは、はじめてだな）

なるみの胸に熱いものがこみ上げた。

（お父さんがして来たのは、こういうことだったのか）

同時に、自分の心残りの正体が、やっと摑めた。

雄彦とのがんじがらめの現状から逃げたい。その思いは皆無ではない。しかしそれ以上に、父親が遺したこの場所を守りたい。

なるみは、お客さんを迎える心のはずみが好きだった。それだけに、けなされる結果ばかりに終わってはいることが腹立たしい。ひかげ旅館に来たお客さんが、また来たい、と思う。そんな旅館にしたい。

それが、生きているあいだは遠かった父親と繋がるたったひとつの方法のような気がした。

墓石だけが整然と並んだ、だだ広い霊園に、山からの強い風がごう、と吹きおろす。

（どうすればいいのか。どうしたいのか。やっとわかったよ。お父さん）

「ぐわふ」

さゆりちゃんが吠えた。

気付かぬうちに雲が切れて、青空がくっきりと覗いていた。

二

「おい」

物干台でタオルを干していた源五郎は、せみのゆ老に呼ばれた。

「おたくの女の子に渡してくれんか」

せみのゆ老は新聞紙にくるんだ切り花の束を振った。

「へいよ」

源五郎は物干台の手すりをひょいと乗り越え、木の枝につかまりながら屋根から塀の上へと降りたった。我ながらほれぼれするほど軽い身のこなしである。

「わあああ」

せみのゆ老はそうは思わないらしく、胆が冷えたような声を上げた。

「危ないがね。そんなところから直接来んでもいい。足を滑らせたらどうするよ」

「せみのゆさんの真上に落ちるね」

源五郎は、せみのゆ老が差し出した新聞紙の中を覗き込んだ。滴るほどに濃い青のあじさいが束ねられている。

「お見舞いなら、お嬢ちゃんじゃなくテンドーに渡すべきだと思うな」

「見舞い？　テンドー君がどうかしたのか」

「朝から熱を出して寝込んでいる。三十八度二分もあった。昨日の夜、雨に打たれたせいだ」

源五郎とて雨に打たれた。けれど、なるみが用意してくれた内風呂に入って、温まったお蔭で何ともなかった。しかし天藤は脱衣所でざっと躰を拭いて着替えただけで浴室には入らなかったのだ。ぼうっとしていたように見えたが、もう具合が悪くなりかけていたのかもしれない。

「テンドーも、いい加減おっさんだからな」

「三十八度か。けっこうな熱だ」

「ショート寸前だよ」

「宿の方は、彼女ひとりでやっとるのか」

「まさか。おれがついていなきゃ無理だ」

「それで今日も学校を休んだ、というわけか」

せみのゆ老は苦々しく言った。

「なにも、お前が手伝わんでも、どうせ今日あたりはお客さんもあるまいが」

「ところが、そうじゃないんだな。朝いちばんに、星の間さんとさゆりちゃんが来ちゃったんだ」

「星の間、……ああ」

せみのゆ老の顔つきがさらに苦いものになった。

「あのご老体、またひとりでここへ来ているのか」

(自分だって老体のくせに)

「ひとりじゃない。さゆりちゃんも一緒だ。で、お嬢ちゃんを引っ張り出して、おかみさんのお墓詣りに行っている」

「あれほど高齢な老人がふらふら気ままに出歩くのは感心せんわな」

（自分だってふらふら気ままに出歩いているじゃないか。ことに夜はおさかんだって評判だぜ）

「ご家族が心配しておられるだろうに」

（あんたもな）

「家族はいないらしいよ。さゆりちゃんだけだ」

「子供にはわからん」

（わかることだってある。わかっちゃいないのは、せみのゆさん、あんただよ）

「星の間さんはいいひとだけど、ずれているんだよな」

「ずれている？」

「チップだって言って、いつも百円くれるんだ。もう何年も前から、きっかり百円だ。おれは年々大きくなっているのに、ぜんぜん値上がりしない」

源五郎はくるりと向きを変え、あじさいを小脇に挟んだまま木の枝につかまって屋根によじ上った。

「うわああ」

せみのゆ老が悲鳴を上げた。

「危ない、言うとるで、よせ」

「危ないもんか」

源五郎は物干台の手すりを摑んで、高らかに吼えた。

「こう見えて、おれは、伊賀者だぜ」

ひらりと手すりを乗り越えた、はずが、物干台の板の間に降り立ったときはどすんという重い音。続いてひかげ旅館の建物じゅうがぐらぐら揺れた。

「……源五郎」

せみのゆ老が溜息まじりに言った。

「お前は伊賀者じゃないで、ただのバカ者だわ」


どすんと鈍い音がして、窓がびりびり鳴った。

天藤は眼を開けた。今の音は何だろう。吊り下げ型の蛍光灯がゆらゆらと揺れている。地震だろうか。

思いのほか深く眠っていたようだ。熱さましの薬もいくらか効いたらしい。

昼間から天井を眺めていられるのは、悪い気分ではなかった。おかみさんが死んでから、そして、なるみが来てからは特にそんなぼんやりした一日を過ごしたことはなかったように思う。

だが、なるみには足止めをした。おまけに星の間さんのお守りまで押しつけた形になってしまった。

今は何時ごろだろう。まだ墓地から帰って来てはいないのだろうか。蒲団から腕をのばして携帯電話を手に取る。

谷口可南子。

よりによってこんなときに、ひさしぶりの着信とは。

女々しいよ、テンドー君。番号を変えてしまえばいいのに。おかみさんがいたら、笑われるところだった。

――自分を見限った女からの連絡を、いつまで待っているつもりなんだ？


虎立温泉へ来たとき、この地に長く住むことになるとは少しも思わなかった。

「二年だ」

それが、叔父との約束だった。

「二年のあいだだけ、辛抱してみてくれないか。お前の頑張り次第で、後のことはそれなりに考える」

叔父は鮨屋の二代目である。創業者の祖父は腕一本の職人だった。が、叔父はみずから厨房に立つことはいっさいしなかった。大学を卒業後、外食チェーンの大手企業に就職して働いていた叔父は、祖父の死後、会社を辞めて店を引き継いだのち、これまでとはまるで異なる営業方針を打ち出した。価格は時価、カウンター七席、小上がりひとつの小さな常連相手の店を閉め、カウンター十八席、テーブル八卓、一貫百五十円均一という、一見の家族連れが気兼ねなく立ち寄れるような店へと一変させたのだ。そして十年も経たぬうちに、東京都内に三軒、埼玉に二軒、神奈川に一軒という多店舗へと成長させていた。

ホテル虎立館に出店することになったのは、新たな事業計画の一手なのだ。叔父からはそのように説明された。

「あんな山奥に、どうしてあなたが行かなくちゃならないわけ？」

可南子は賛成ではなかった。

「二年とか言っているけれど、要は叔父さんの方針次第でしょう。二年経ってみて、もうしばらく続けてくれと言われたらどうするの？」

天藤は、中学一年生のときに母親を亡くした。高校に上がるとすぐ父親が再婚したため、母方の祖父母に引き取られた。そういう経緯《いきさつ》になったのは、子供のころからちょくちょく祖父の店に遊びに行き、忙しい時分はお客さんにお茶とおしぼりを出したり、厨房に入って洗い物を手伝うのが当たり前になっていたからだ。

「あんたはむっつりしていて、考えていることがわからない子だわ」

母親や祖母からはずいぶん言われて来たものだ。

「おじいちゃんにそっくり」

実際、無口だった祖父とたくさんの言葉を交わしたわけではない。だが、通じ合うものは多かった。

海苔巻の巻き方を最初に教えてくれた。たまご焼きも教わった。魚河岸にも同行した。祖父がさりげなく彩りとして添える仕切りの笹の葉は美しかった。ガス釜で飯《しゃり》炊きをするのは祖母の担当だったから、とぎ方や水加減、火加減などを教わったが、それ以外のことはみな、祖父からじかに仕込んでもらったのだった。

今では、飯炊きやたまご焼きなどは一ヵ所で製造し、各店舗に配送する。味や腕より効率重視の叔父の方針は、祖父のやり方に馴染んできた天藤にはどうしても受け入れがたいものがあった。

「おじいちゃんのお店を大きくしてくれたんだから、喜ぶべきなんだろうね。でも、何だか寂しい気もするんだよ」

祖母が言っていた、その気持ちが痛いほどわかっていた。だから、いかに山奥の僻地にあるとはいえ、カウンター八席とテーブル一卓のみの小さな立ちの店で仕事ができるという話は、それだけで魅力だった。

今になって考えてみると、叔父がどこまで温泉地のホテルへの出店を本気で考えていたのかはわからない。ホテル虎立館の経営者と叔父とは古い知り合いだったという。もともとホテルの一階で経営していた鮨屋の主人は博奕好きで、多額の借金を抱えて夜逃げをしてしまった。一階の目立つ場所に居抜きの物件がぽっかり空いているのはみっともないから、新たな経営者が見つかるまで場つなぎにしばらく職人を貸してくれないかと頼み込まれた。それが真相であったようだ。

しかし、そういったことは、虎立温泉へ来てから噂として聞こえて来たのだ。当時の天藤が知るよしもない。

自分の頑張りを叔父に見せるよい機会だと、馬鹿正直に考えていた。

ランチタイムにしばしばやって来るその男は、ホテル虎立館の宿泊客ではなかった。

ひとりで来ることもあったが、たいがい女と二人連れで来た。しかも、いつも同じ女と来るわけではない。

「ローテーションですよね、中四日の」

そう言ったのは、天藤とともにホテル虎立館へ派遣されてきた古河である。

「ママさんとトミちゃん。ユカリちゃんにリサちゃん。若いのからおばちゃんまで、守備範囲が広い」

女たちはみな、素顔で普段着である。が、話の内容から、トミちゃん以外は水商売らしいと見当はつけていた。

「でも、デキているはずないですもんね」

古河が決めつけた。

「見ればわかる。絶対にありえない。やっぱり、女のひとたちが相談しやすいんでしょうね。第一、今日のお勘定も割り勘でした」

天藤が観察したかぎりでは、相談相手というより一方的な愚痴の聞き役であった。

「やっぱりあたしが悪いのかしらね」

女が嘆くと、男は即座に応じる。

「ないないないない。トミちゃんが悪いなんてことはない」

また別の日は、別の女がこぼす。

「だけどさ、あたしが悪いのよ」

すると、男はすかさずこう返す。

「違《ちー》うって。ママは少ーしも悪くないで」

カウンター席で交わされるやりとりは、いつだって変わりばえがしなかった。悩み多き女たちと、聞き上手なその男。

「変態ですね」

古河は身も蓋もない表現をした。

やがて、天藤はその「変態」の素性を知った。それが、ひかげ旅館のおかみさんだったのだ。

「テンドー君」

ひとりで来ていて、店が立て込んでいないとき、おかみさんはしばしば話しかけてくるようになった。

「映画を観て泣くことなんかあるの？」

「ありませんね」

泣くのは天藤ではない。可南子である。可南子の好む映画や本の基準ははっきりしていて、どのくらい泣けるか、という一点にかかっているのだった。

「泣いた方がいい。だいたい人間は、泣いてすっきりするようにできとるんだわ」

おかみさんはのんびりと湯呑茶碗を傾けた。

べたべたの女言葉を使うわけでもない。話をしているぶんには普通のお客さんだった。濃く塗られたファンデーションと付け睫毛。どぎつい口紅。金色の虎縞ニットチュニックや、ラメ入りの豹柄レギンスさえ気にしなければ。

「出すとすっきりする。ほれ、あっちの方と一緒だがね」

「あっち?」

「そう。あっち」

どっちの話をしているのだろう。

「でも、ですよ」

ちらしのどんぶりを差し出しつつ、横から古河が口を出してきた。

「あまりにもお約束なお涙ちょうだいのお話ってしらけるじゃないですか。けなげな犬の一生とか」

「恋人が不治の病に侵されるとか」

「嫁ぎゆく娘が母親へ贈る一通の手紙とか」

「やさしいお父さんが突然死んじゃうとか」

二人の掛け合いを聞きながら、可南子なら号泣だな、と天藤は思った。

「ああいうたぐいの作品は、おれはぜんぜん泣けませんね。安っぽい感動を強要されている気がする。どうだ、これで泣けるだろう、満足だろうって、作り手になめられているみたいじゃないですか?」

「私は泣くね。安っぽい涙でいいんだがね。なにも高級な人間に生まれついとるわけじゃない」

ちらしに箸を出しながら、おかみさんは言った。

「見てのとおり、ただの女装マニアの旅館経営者だで」

天藤は思わず吹き出していた。

「あ」

古河が意外そうな声を出した。

「おれ、天藤さんが笑ったの、はじめて見た」


夜、店じまいの準備にかかると、古河はたいがいぼやいていた。

「厭だ厭だ。部屋に帰りたくないなあ」

天藤と古河は、ホテルの裏手の同じアパートに、隣同士で住んでいた。築三十年、木造二階建て、六畳一間に三畳の台所という独身者専用のアパートである。一階と二階に五室ずつあったが、半分は空き部屋だった。

「天藤さんの部屋でも聞こえるでしょう、階下《した》のアレ?」

アレ、というのは階下の住人の奇声だった。四十は越えているだろうと思われるその住人は、顔を合わせても挨拶すらしないくせに、真夜中になると大声でがなり立てるのである。

「昨夜は女の名前を絶叫していましたよ」

運が悪いことに、古河はその男の真上の部屋に住んでいた。

「だったらまだましな方だ」

天藤は言った。アレな彼は、もっと露骨に卑猥な単語を連発することもあるのだ。

「あの男にも、好きな女がいるんだな」

「脳内で作り上げた幻の女だと思います」

古河はいまいましげに吐き棄てた。

「もしくは口をぱっくりあげて動かない、等身大のお人形に決まっています」

「そうか?」

「そうですよ。あんな変態野郎に、生身の恋人がいるわけがない」

「いるかもしれない」

古河は、うわあと叫んで、両耳を塞いだ。

「いてたまるもんか。いないいない」

古河からいっぱい飲んで帰ろうと誘われれば、二回に一回は断れない。『女王蜂』に足を踏み入れたのは、居酒屋で酔ったその後だった。

「あら、ホテル虎立館のお鮨屋のおにいさんたち」

驚いたことに、ママは天藤と古河を知っていた。

「本当だわ」

「来てくれたのね」

二人いる女の子も、同様だった。彼女たちはおかみさんのローテーション組だったのだ。が、天藤は名乗られるまでぜんぜんわからなかった。

「いつもすっぴんで、ひどい格好で行くからね」

普段とは逆の立場で、カウンターの内側に立ったリサちゃんがいくぶん恥ずかしそうに眼を伏せた。

「ひかげ旅館のおかみさんとは、小学校の同級生なのよ」

まずはウイスキーのボトル、続いて氷と水のピッチャーをリサちゃんに手渡しながら、ママは言った。

「子供のころはおかしなところもない、普通の男の子だったんだけどね」

「そんなことはないだろう」

口を挟んだのは、カウンターの奥にいたせみのゆ老である。その夜が初対面だった。

「鏡台の前で化粧道具をいじくっとって困るって、先代のおかみさんがようこぼしとったもんだ」

「でも、そのお蔭で、この大島紬はおかみさんに借りているのよ」

ママは豪快に腹をゆすって笑った。

「同じクラスの水橋雄治君と、まさか着物の貸し借りができる仲になるなんて思わなかったわ」

まあ、普通は思うまい。

「天藤さんは男前ねって、ママやリサちゃんとよく噂をしていたのよ」

言いながら、ユカリちゃんが隣りのスツールに腰を下ろした。

「このひとは先約済だよ」

古河が唇を尖らせた。

「結婚を約束したきれいな彼女がいる。こんな風に女の子がいる店なんか、来ちゃいけない」

天藤はあきれた。ついさっき、居酒屋を出たところで、もう一軒行こう、女のいる店に行こうと言い張って譲らなかったのは古河なのである。

「でもさ」

リサちゃんがウイスキーの水割りを作りながら、含み笑いをした。

「今、この瞬間は独身なんでしょう?」

「違う。もはや既婚も同様、貞操を守るべき身なんだ」

古河が即答した。

「天藤さんの彼女は、週に一度は必ずこっちへ会いに来ている。そして二人で一日じゅう隣りの部屋に引きこもる」

「おい」

天藤は、さすがに口を開きかけた。古河が哀しげに続ける。

「階下では変なやつが猥褻語を連発する。おれはいったいどうすればいいんだ?」

可南子が会いに来る回数が減ったのは、いつごろからだっただろう。

「帰って来てよ」

会うたびに言っていた。

「二年だと言ったろう。まだ無理だ」

「二年も待てない」

「叔父と約束したことだ」

「だったら、叔父さんのお店を辞めればいいじゃない」

可南子はあっさりと言い放った。

「どこか別のところに勤めればいいのよ。そうしましょうよ」

そうしましょうと言われても、そうするわけにはいかなかった。

「どうして？」

どうしてと言われても、困るのだ。

「お鮨屋さんは日本全国津々浦々、どこにだってたくさんあるじゃないの」

天藤は黙り込むしかなかった。

「私の言っていること、間違っていないわよね？」

間違ってはいないが、無理である。

「ねえ、帰って来てってば。お願い」

むろん、可南子を一方的に虎立温泉へ呼び寄せたわけではない。天藤も月に一度は帰京していた。

虎立温泉に来たときは、遊びに行くことはあまりできなかった。街なかを出歩くことはあまりしたくなかったのだ。ホテル虎立館で働いている期間が長くなるにつれ、どこへ行っても知った顔に会うようになってきた。

「この前、女のひとと一緒だったねえ。恋人？」

にやにやと冷やかされる。それも一人や二人ならいいが、二十人三十人のお客さんから異口同音にそれを言われるのだ。さすがに閉口する。古河に揶揄されるほどではないにせよ、部屋にこもりがちだったのは確かだった。

だから東京に戻ったときは、なるべく可南子の希望どおりに過ごしていた。可南子好みの、最後は涙の別離で終わる恋愛映画を観に行った。もっとも、すれ違う二人が結ばれて幕、という流れの映画でも同じことだった。離れようが、くっつこうが、どのみち可南子は泣くのである。

「こんな映画でよく泣けるな」

可南子は鼻を啜りながら答えた。

「だって、あんなに愛されるなんて、うらやましいじゃない」

しかし、秋から冬にかけての繁忙期に、可南子の傍にいることはできなかった。クリスマスも、正月も帰れない。それははじめから説明済みだった。可南子はわかっているはずだ。少しもそれを疑わなかった。

帰って来て、帰って来てと、駄々っ子のように繰りかえす可南子の気持ちを、重くとらえていなかった。

天藤が虎立温泉に来て一年が過ぎたころには、可南子の訪れは月に一度に減っていた。そしてさらに半年が過ぎた、ある約束の日に、可南子は姿を見せなかった。

その夜、遅くなってから、可南子は電話をかけて来た。

「行けなくてごめんなさい」

普段なら饒舌に話すはずの可南子が、それきり沈黙した。電話口の向こうの可南子は、風邪をひいたような声だった。具合が悪いのか、と天藤は訊いた。いいえ。可南子の答えは短かった。

「ごめんなさい」

可南子は堰を切ったように泣きはじめた。

「あなたはいつ帰って来るかわからない。私、疲れちゃった。あなたは何度言ってもわかってくれなかった。だからもう、これ以上は続けられない」

なにも言葉は浮かばない。ただ、そのひと言を待つしかなかった。

——ほかに好きなひとができたの。

げふげふげふ。

外で犬の吠え声がした。さゆりちゃんだ。星の間氏となるみが帰ってきたのだろう。

枕もとの携帯電話が、ふたたび低く鳴り出した。

三

「あんたは、おばあさんと会うたことはあるのかね」

なるみはお茶を注ぎながら頷いた。

「うんと小さいころですけれど」

星の間氏となるみがひかげ旅館に帰りつくと、どこからともなく飛び出してきた源五郎がさゆりちゃんの足をすかさず濡れ雑巾で拭いた。慣れきった対応だった。

星の間氏はすたすたと、続いてさゆりちゃんがぺたぺたと、当然のように帳場兼応接室に入っていく。二階に上がる様子は皆無だった。

「もう少し我慢してお相伴してやりなよ」

源五郎がなるみに耳打ちした。

「とにかく話好きなじいちゃんなんだ」

やれやれ、と思わなくもなかった。しかし、自分の知らない父親や祖母の話を聞けるのはやはり嬉しかった。

「おばあさんのことは覚えとるか」

うっすらと、覚束ない記憶だ。

母親は父親の思い出に触れたがらなかった。祖母についてはなおさらのことだ。

「まだ一歳になるかならないかのころ、高価なお人形をもらったそうです」

「ほう」


それは、祖母にまつわるほとんど唯一の挿話と言ってもよかった。

「めちゃくちゃ気持ち悪いお人形だったわ」

母親はいかにも厭そうに言っていた。

「横になると眼を閉じて、お腹を押すと猫みたいな泣き声を上げる、金髪碧眼のお人形。ヨーロッパに旅行した知り合いにわざわざ買って来てもらった。ウィルヘルムって立派な名前もついている、ご大層な人形なんだよって、メモまで書いて来て。高価《たか》かった高価かったとたいそうご自慢なんだけど、あれを見た瞬間のあんたの反応ったらなかった」

なるみは、ひきつけを起こすほど怖がって泣きわめいたのだという。

「仕方がないから、箱に入れたまま押入れにしまっておいたのよ、ウィルヘルム。だけど、その押入れの戸を開くたびにあんたは怯えきって半べそをかくの」

姿かたちは覚えていないが、押入れの中のウィルヘルムなる存在が怖かった記憶はある。

「でも、本当にちっとも可愛くなかったんだから無理もない。リアルな人体標本みたいだった。あんな悪趣味なおもちゃ、いったいヨーロッパのどこで手に入れてきたのかしら」

なるみが寝るのをぐずったり、玉ねぎが厭だにんじんは食べたくないとごねたりすると、母親は決まって押入れを指差すのだった。

「そんなに悪い子だと、ウィルヘルムを呼ぶわよ」

なるみは一も二もなくいい子にならざるを得なかった。祖母からの贈り物はしっかりなるみの役に立っていたと言えそうである。もっとも、祖母の望むかたちとはほど遠かったのは間違いない。

しかし、なるみがウィルヘルムを見ることは二度となかった。離婚の際、迷わず母親が棄てたらしい。

お互いを結ぶたったひとつの思い出が、そんな行き違いに終わってしまったことは、やはり残念である。

「あんたのおばあさんは」

星の間氏は膝の上にさゆりちゃんをのせ、その頭を撫でつつ語りはじめた。

「苦労が多かったひとだ。山の向こうの町からひかげ旅館へ嫁に来て、あんたのお父さんを産んで、すぐ亭主に先立たれた」

先日、なるみは父親の部屋にあった古いアルバムを見ていた。その中に、在りし日の祖母の姿があった。くっきりと濃い眉。切れ長の眼に薄い唇。化粧をした父親に似ている。ということは、なるみにも似ているのだろう。ふだんは母親に似ていると他人からは言われているだけに、不思議な気がする。

「女の身ひとつで、ひかげ旅館を経営して行くのだって、並大抵なことじゃなかったはずだ」

ひかげ旅館は、もとはなるみの曽祖父がはじめた商人宿だった。歴史も浅い。川向こうで古くから商売をしている旅館からは低く見られていた。戦後、温泉の湯の管理システムが整った際、その供給を受けられなかったのも、そういった事情が絡んでいたようだと、星の間氏は言った。

「しかし、いくらおばあさんが気負っても、観光旅館にはなれんでなあ」

「星の間さん、お詳しいですね」

祖母か、もしくは父親から事情を聞いたのだろうか。

「なあに」

星の間氏は湯呑を傾けた。

「狭い町だで、たいがいのことは周囲にぱあっと知れてまうんだわ」

（おや？）

星の間氏は古いお客さんのはずなのに、今の言いようだとまるでこの町の住人のようである。

不審に思うと同時に、不安になった。

星の間氏が言ったとおりだとすると、ひかげ旅館のおかみの娘がやって来て長逗留している事実も、すでに町じゅうに知れ渡っているということになりはしないか。

「そんなこともあって、おばあさんは負けず嫌いになったんだろう。息子への期待は誰よりも大きかった。勉強はもちろん、柔道や剣道も習わせて、この町のどんな子供よりも偉くて強い男にするんだというのが、あんたのおばあさんの宿願だったようだ」

(お父さんのことを、孝行息子だったと言っていたのは、誰だったっけ)

すぐに思い出した。蝗沢先生だ。

「あんたのお父さんは、高校時代は剣道部の部長だった。柔道も強かった。勉強は学年で常に一、二を争う秀才だったし、東京の大学に進学した。おばあさんの思いには立派に応えたといえるだろう」

(褒め上げてくれるのはありがたいけれど、それはないんじゃないかな)

父親は、その一方で、おばあさんの理想とはだいぶ違う性癖を持つようになってしまったのである。

おばあさんはとことん間の悪い生き方をしたひとなんだなと、なるみは思った。嫁に来たら亭主に死なれ、家業の旅館を観光旅館なみにしたいと願いながら果たせず、息子を男らしい男に育て上げようとしたら真逆の方向に行かれ、孫娘に高価な品を贈ろうとしたら恐怖を与えてしまった。

(最初から最後までずれてしまったひとなのだ)

「一番を争っていた相手は、ひょっとしたら蝗沢先生でしょうか」

星の間氏は、ほう、といった表情でなるみを見返した。

「蝗沢の息子を知っとるのか」

「ここへ来てすぐにお会いしました。父と親しくしてくださっていたそうですね」

「性格はまるで違うのに、不思議と仲が良かった。しかし、あいつは駄目だ」

星の間氏は苦いものを噛みつぶすような表情になる。

「がり勉だ。試験勉強だけできるというタイプだ。人間に幅がない」

（一方で、お父さんには幅があり過ぎるんだよな）

よくも悪くも、なるみの父親は特別なのだ。

星の間氏の膝の上でぐったり寝ていたさゆりちゃんが、不意に半身を起こした。

「ぐわふ」


電話がまた鳴っていた。

画面には、先ほどから変わらない、可南子の名前が表示されている。電話一本で天藤との関係を断ち切ったあとも、可南子はこうしてときどき連絡をよこす。

——もしもし、私よ。あなたはどうしているの？

別に、変わったことはない。そっちこそどうなんだ。元気にしているのか？

これまでなら応じて来た。しかし、今日の天藤は通話ボタンを押さなかった。出るわけにはいかない。なるみに偉そうな口を叩いたのは、昨夜のことなのだ。

いつまで時間を稼いでいても、なにも変わりません。

「げふげふ」

廊下の向こうから、吠え声が聞こえた。星の間氏がさゆりちゃんと帳場兼応接室にいるのである。ひかげ旅館に滞在すると、星の間氏は決まっておかみさんを巻き込んで長話に花を咲かせていたものだった。今回はなるみをしっかりつき合わせるつもりらしい。


「星の間さんにとって、ひかげ旅館は駆け込み寺なんだわ」

おかみさんはいつも言っていた。

「誰にだって、逃げ場所は必要だわな」

星の間さんとは意味が違うかもしれない。が、天藤にとってもひかげ旅館は一種の避難場所だった。叔父の店を去る決意をしたとき、自分を使ってくれないかとおかみさんに頼み込んだのだ。

「おかみさんには逃げ場所がありますか」

「私には逃げる必要はないで。隠すべきところはみんなさらけ出しとるでね」

そうですね、とも言えず、天藤は弱った。

「そのぶん、誰かの逃げ場所になれればいいんじゃない？」


可南子のことが起きてから、眠れない夜が続いた。酒量も上がった。古河に打ち明けはしなかったが、可南子の訪れが減ったのは明らかだったのだから、想像がついたのだろう。一緒に『女王蜂』へ行っても、天藤を冷やかすことはいっさいしなくなった。

だが、二年の期限が尽きる少し前、叔父からあの宣告を受けなければ、天藤は虎立温泉を立ち去れていただろうし、叔父の下で働き続けていただろう。

ある朝、店に電話をかけて来た叔父は、開口いちばん言ったのだった。

「年内で撤退することにした。ちょうど二年だ。きりもいい。いろいろご苦労だったな」

「なぜ、閉めるんですか」

天藤は思わず訊いていた。

「それなりの数字は出したと思いますが」

売り上げは悪くなかった。ホテル虎立館自体の客足が落ちる夏期には苦戦もしたが、秋から春先の繁忙期の余剰でじゅうぶん埋め合わせはできたはずだ。

叔父からは、むしろ正反対の言葉を期待していた。約束を違えてすまないが、もう少しそちらで辛抱してくれ。そう言われると思っていた。そのように言われれば、従うつもりでいた。天藤は帰京したい気持ちを失っていたのだ。もう、可南子はいない。

「それなりだったな」

叔父の返事はあっさりしたものだった。

「お前と古河と、二人の家賃や光熱費を保証してまで続けていくほどの結果じゃない」

叔父はやり手だった。認めざるを得ない。判断が早く的確だからこそ、事業を拡げて来られたのだ。

だが、だったら自分は何のために努力を重ねて来たのだろう。

「そりゃ、帰れるのは嬉しいし、二年というのが社長の最初からの約束ですからね。でも、複雑です」

話を聞いた古河がぼやいた。

「おれらなりに精いっぱいやって来た、この二年近くの島流し生活は、完璧に無駄だったということじゃないですか」

そうだ。そんなにたやすく見切る程度の試みだったのなら、何のために可南子を失わなくてはならなかったのだろう。


『女王蜂』でおかみさんと顔を合わせたのは、店じまいを三週間後に控えた夜だった。

カウンターでは、古河がリサちゃんを相手にくだを巻いている。ママとユカリちゃんはみやげ屋の主人と酒屋の主人の二人連れについている。そして天藤はなぜか、隅のボックス席でおかみさんに可南子とのなりゆきをこと細かに話していたのだった。

「かなしいね」

おかみさんは、深々と頷いた。

「私にも同じ経験がある。学生時代は恋人にふられ、結婚したら嫁さんに見限られ、その後出会った女性にも最終的には嫌われた」

「自分の相手は、ひとりです。しかし、ぜんぶ当てはまる気がします」

「ふられた。見限られた。嫌われた。ひとりで三パターンか。なかなか派手に叩きのめされたねえ、テンドー君」

「愛情は残酷です」

「そう。レンアイ関係は弱肉強食だよ。より強い方が弱い方に傷をつけ、いたぶり、苦しめる。彼女は強い女だったかい、テンドー君？」

「いいえ」

天藤はぽつりと答えた。強くはなかったと思う。

「くよくよするのはやめましょうよ」

カウンターの古河が、大声を上げて振り向いた。

「天藤さんには、もっとふさわしい女がいるはずだ」

古河の横で、リサちゃんも口を合わせる。

「そうよ。世界には、たくさんの女がいるのよ」

「わかっていないね、君たち。テンドー君は今、悲しんどるんだ」

おかみさんが、穏やかにたしなめた。

「よその女が束になってかかっても、テンドー君を慰めることはできんがね。このひとの恋人は、この世にたったひとりきりなんだでね」

天藤は眼を伏せた。

「テンドー君を癒せるのは、時間だけでしょう」

おかみさんの言葉が、胸に静かに流れ込んでくる。

「古河君は、テンドー君とは仲良しだ。リサちゃんや私だって、テンドー君の敵じゃない。テンドー君に嬉しいことがあれば、よかったなあと喜ぶこともできる。厭な出来事があったと聞けば、それはひどいねと怒ることもできる。こうしてお酒を飲みながら、愉しい時間を一緒に過ごすこともできる。しかしね、たったひとつ、悲しむことはできない。テンドー君はわれわれにとって大事な仲間だ。それなのに、彼の悲しみを分け合うことだけはできんのだわ」

「…………」

「同情はできる。しかし、テンドー君の悲しみを悲しむことができるのは、テンドー君ただひとり」

「わああ」

素っ頓狂な声が上がった。

天藤が眼を上げると、古河がカウンターに突っ伏して、背中を波打たせているのが見えた。

リサちゃんは肩をすぼめ、みやげ屋も酒屋も会話をやめて唖然としていた。

「おかしなひとねえ」

やがてママがあきれた風に言った。

「どうしてここでテンドー君じゃなく、古河ちゃんが泣くのよ?」

電話が鳴りやんだ。

失恋なんて、過ぎてしまえばささいな悲劇だ。あのとき下した決断がささいなことだとわかっているからこそ、可南子もこうして電話をよこすことができるのだろう。

考えてしまってから、天藤は驚いた。

自分は、そう思えるほどには吹っ切れている。

おかみさんは正しかった。自分には、時間だけが必要だったのだ。

まぶたが重くなる。また眠りに落ちそうだった。


可南子からふたたび電話がかかって来るようになったのは、別れて二年が過ぎたころだった。そのときはもう、天藤はひかげ旅館で働いていた。

——まだ、虎立温泉にいるの？

——なぜ、帰って来ないの。私のせい？

きっかけは確かにそうだ。店を閉めたのは、三月。まだ春が来るには早い一日だった。通いで手伝いに来ていたおばさんが急にやめてしまったので、ひかげ旅館のおかみが困っている。せみのゆ老からそのことを聞いて、ひかげ旅館を手伝いたいと思った。可南子のことや叔父のことで気落ちしていた天藤には、長い余暇を過ごすような気分がなかったとはいえない。

しかしまさか、二年も三年も居続けるつもりはなかった。そもそも、ひかげ旅館の給料では生活ができない。

冬の長いこの町に、ようやく春が訪れて、ひかげ旅館はぱったりと暇になった。もう、天藤の手は必要ない。

だが、すぐに引き払う気にはなれなかった。アパートを引き払ってはじめたおかみさんとの共同生活が、奇妙なほどしっくり行っていたせいかもしれない。

「テンドー君、今夜はＴＶで古い映画を放映するよ。時代劇の名作らしいよ」

声をかけられれば、一緒に観た。いい映画であると思うときも、今ひとつであったと感じるときもあったが、おかみさんはたいていちりがみひと箱を空にするほど大泣きしていた。

「主人公のおっかさんが、私の死んだおふくろさんと重なってしまって、涙が出た」

「あのけなげな仔犬を観ていたら、東京にいるお嬢ちゃんのことを思い出して、こみ上げてしまった」

とにかく、なにか泣ける理由を見つけては涙にむせぶのだ。そのあたりは可南子と共通していた。

またたく間に二年が過ぎ去って、源五郎を引き取ることになっても、毎日の暮らしは変わらなかった。

ちゃぶ台を囲んで食事をし、一緒にＴＶを観ながら会話を交わした。おかみさんは源五郎にお客さんの案内を言いつけ、食器の上げ下げを手伝わせ、寝る前に本を読んでやった。それだけで、見る見るうちに源五郎は変わっていった。

「おかみさんは立派です」

天藤が言うと、おかみさんはしかめ面でかぶりを振った。「ないない」

「しかし、おかみさんは慕われているじゃないですか」

「一時《いっとき》だけだわ。元気が出れば離れていく。私じゃ駄目なことにみんな気付くんだわな」

「なにが駄目なんです?」

「気持ちが強くなれば、もう私は必要ないで。ひかげ旅館と一緒。ここに来るお客さんは、最初からあきらめとるでしょう。安いし、ぼろいし、温泉もない。期待なんかない。泊まれればいいやと割りきっとる。ちょっとお金に余裕があれば、ほかの宿を目指す。そういうこと」

「………」

「それでいい。見てのとおり、私は変わり者だで。手を差しのべると、屈辱を受けたように感じてしまうひともおる。私みたいな人間に同情されるなんて、まっぴらだと思うんでしょう」

「助けを求めてくるのは相手の方じゃないですか」

「助けてくれと弱みを見せてしまったぶん、後になってからよけいに悔やむんだわ」

わかるような気はした。だが、わかるとは言いたくなかった。

「ひかげ旅館はひかげ旅館だ。この虎立温泉でたった一軒の宿だで。なければ困るお客さんもおる。おらんかも知れんけど、おるもんと信じて、ひかげ旅館でしかできないことをすればいい」

おかみさんの話を聞くうちに、天藤は思った。

このひとのもとに来たのは間違いではなかった。自分は来るべくしてここに辿り着いたのだ。

「表通りの旅館には、表通りの商売があるし、ひかげ旅館にはひかげ旅館の行き方があるでね」

叔父に感じていた違和感の正体がはっきり見えた。企業は成長しなければならない。古いやり方を改善し、時代にそぐわぬものを切り棄てていかなければ生き残っていけない。そのこと自体は正論だ。

しかし、すべての商売がその方向に進まねばならないということはあるまい。少なくとも天藤の肌には合わなかった。

時代に逆行していようが、おんぼろだろうが、品が悪かろうが、ひかげ旅館はひかげ旅館の行き方がある。そう言いきれる商売が性に合っている。

「私もいろいろ迷ったけど、生まれた家に帰って来て、ようやくありのままの姿で生きられるようになったんだわ」

今や、天藤がこの地に留まるのは、可南子だけが理由ではない。

ひかげ旅館で月日を過ごすうち、変わったのは、源五郎だけではない。天藤も変わったのだ。

いや、もしかしたら、おかみさん同様、ありのままの自分になれたということなのかもしれない。

四

翌日、午後三時。

今日も梅雨の中休みらしい。空は雲でおおわれていたが、薄日が洩れて明るかった。

スーパーマーケットの入口で、なるみは籠を取り上げ、腕に提げた。店内は空いていたが、野菜売り場の床の上で、小学校の低学年らしい兄弟が組み合うように転がっている。

「甲賀忍法だ」

「なにを、こっちこそ、伊賀流だ」

「やめなさい。だから連れて来るのは厭だったのよ」

子供に構わず通路の先に立っていた母親が、もやしの袋を籠に入れながらうんざりとした声を出す。

「本当に困るわ。おかしな遊びを覚えて来ちゃって」

（そういえば、源五郎くんも忍法だ何だと言っていたな。TV番組かなにかの影響だろうか）

つい先ほど、午前中はまだ寝ていた天藤がようやく起きてきた。だいぶ体調は回復したらしい。そして星の間氏に捕まった。時代劇の再放送を観はじめた二人と一匹を帳場兼応接室に残して、なるみは買い物に出て来たのだった。

ゆうべは天藤に代わって夕食を作った。今夜も作るつもりだ。天藤はすまなそうにしていたが、なるみは嬉しかった。こうなってはじめて、やっとひかげ旅館の役に立てた気がしていた。

星の間氏も含め、帳場兼応接室でちゃぶ台を囲んだ。鯵を揚げてたまごを焼いて鶏肉とごぼうを煮た。星の間氏も源五郎もうまいうまいと連発した。料理を褒められるのもずいぶんひさしぶりだった。思えば、誰かの喜ぶ顔が見たくて料理を作ることも、しばらくなかったのだ。

さゆりちゃんはちゃぶ台の横でよだれを垂らしながらお座りをしていたが、やがて大きくがくりと舟を漕いだ。

星の間氏は何日泊まるつもりなのだろう。ずっと相手をしていなければならないのは骨だが、ありがたいお客さんには違いない。

お嬢ちゃん、という言葉が耳に入って、なるみはそちらに顔を向けた。

「あそこよ」

乾物やカップめんを積んだワゴンの横に立って品出しをしていた中年の女店員が、自分を指さしているのが見えた。

「ほら、鮮魚コーナーにいる」

女店員の前にいた源五郎が駆けだして来た。

「お嬢ちゃん、大変だ」

「どうしたの?」

(あの店員さんはどうして源五郎くんとわたしの繋がりを知っているのか)

狭い町だで、たいがいのことは周囲にぱあっと知れてまうんだわ。

昨日の星の間さんの言葉を思い出した。そういうことなのか。

「星の間さんが一大事だ」

なるみは血の気が引く思いだった。

「まさか、具合でも悪くなった?」

かくしゃくとしてはいるが、なにしろ高齢だ。

「違う」

源五郎はもどかしげになるみの腕を引っ張った。

「とにかくすぐに帰ろう。買物どころじゃない」


ひかげ旅館の帳場兼応接室には、予期せぬ人物の姿があった。

なるみは立ちすくんだ。蝗沢先生は正座したまま軽く会釈をした。

「蝗沢先生？」

（なぜ、ここに？）

星の間氏は、見るからに不機嫌な、陰鬱な顔をしている。二十分ほど前とはまるで別人のようだ。天藤はうつむき加減に座っている。石像のように見える。

誰ひとり身じろぎもしないなかで、さゆりちゃんだけがすんすん鼻を鳴らしながら、室内を落ち着かなげに歩きまわっている。

やがて、蝗沢先生が重い沈黙を破った。

「帰りましょう。みな、心配しています」

星の間氏が、低い声で応じる。

「わしがここにおることを、誰に聞いた？」

「瀬見さんです。電話をくれたんですよ」

（せみのゆのおじいさん？）

「以前からたびたびこっそりここへ泊まりに来ていたという話は、水橋が死んだときに聞いていたんです。だから瀬見さんに頼んでおいたんですよ。もし次にこちらへ来るようなことがあったら、まず僕に連絡をくれるようにね」

「このうちへ来とることは、お前たちには知られとうなかったで、おかみには口止めしとったんだ。わしの気持ちがわかっとるのはおかみだけだった」

「しかし、水橋には、僕ら家族の気持ちはわかっていない」

(家族？)

なるみはひたすら呆気にとられていた。

「お父さんは、もう八十七歳になるんですよ。犬を連れてひとり旅なんて無茶だ」

(おとうさん？)

「お父っつぁん」

TVから女の金切り声が上がった。じゃんじゃか盛り上がるBGM。

「お父っつぁん、どこへ行く気だい？」

(うるさいな)

なるみは軽く苛立った。

(天藤さん、TVを消してくれないかな)

「星の間さんと蝗沢先生って、親子だったの？」

なるみの肩の後ろで源五郎が言った。

「水橋はそのことも君たちに内緒にしていたらしいな」

天藤がぼそっと答えた。「知りませんでした」

「ということは、星の間さんはいないごやスーパーマーケットの社長さんなの？」

源五郎が問いかけた瞬間、にぎやかな声がまたＴＶから上がった。

「ただ者じゃねえな、このじじい」

（堪忍して。こっちは深刻な話をしているんだから）

星の間氏はわずかに表情をやわらげた。

「元社長だ。二十年も前に引退した。今はここにおる男の」

と、蝗沢先生をちらりと見る。

「妹の亭主が跡を継いどる。わしは二代目社長夫妻に引き取られ、市内に住むようになったというわけだ」

源五郎が感心したように言った。

「星の間さんって、家族はいないんだと思っていたよ」

「家族なんておらんと思うことにしとった。そう考えれば腹も立たんでな」

蝗沢先生は口もとを引き締めた。「お父さん」

「ひどい」

ＴＶ画面では、町娘がすすり泣いている。

「あんまり勝手すぎるじゃないか、お父っつぁん」

なるみは必死に念じた。

（天藤さん、ＴＶを消してください）

「冗談じゃない。お父さんが気まぐれで行方不明になるたびに、みんながどれだけ心配していたと思うんですか」

星の間氏は無言で息子の顔を見返した。

「お母さんだって、心臓に持病があるんだ。あんまり気苦労をかけないであげてください。実際、お父さんやお母さんと一緒に住んでいるのは妹たちだ。僕が偉そうなことを言えた義理じゃないが、家族は譲り合わなくちゃ仕方がないじゃありませんか。ましてや面倒をみてもらっているんですよ」

ＴＶから男の胴間声が響きわたった。

「うるせえ。おれを年寄り扱いするんじゃねえ」

星の間氏が部屋の隅に呼びかけた。

「さゆり」

背をまるめてうずくまっていたさゆりちゃんは、ぴょこんと立ち上がった。星の間氏に向かって矢のように走り出す。

「呼べば応じる。話しかければ返事をする。そんな当たり前なことをしてくれるのは、こいつだけだで」

飛びついて来たさゆりちゃんに顎や口をごふごふとなめまわされつつ、星の間氏が言った。

「家では、わしが話しかけても、誰もまともに応えはせん。子供にしても孫にしても、女房《ばあさん》だって同じことだわ。うるさそうに眼をそらすか、薄笑いではいはいはいと聞き流すか、二つにひとつだ。低姿勢なのは金をもらうときだけで」

蝗沢先生は、苦しげに眼を閉じた。

「もっとも、ばあさんに言わせると、仕事を言いわけにして、家庭をないがしろにして来た報いらしい」

「覚悟しな、じじい」

ＴＶでは、憎々しげな悪党があざ笑っている。「飛んで火に入る夏の虫。てめえの自業自得だぜ」

「わかっとる」

星の間氏はＴＶの声に応じて頷いた。

「自業自得というわけだわ」

さゆりちゃんの興奮がやっとおさまって、星の間氏の膝の上で腰を落ち着けた。が、眼は油断なく部屋の中を眺めまわしている。さゆりちゃんも神経を尖らせているのだ。

「わしが家を出るのが気まぐれだというのなら、お前たちの心配もただの気まぐれだ。そんなもっともらしい口実でわしを縛りつけんでもらいたい」

蝗沢先生は深くうなだれた。

「……お父さんの気持ちはわかります」

「わかるわけがない」

「わかります。僕だって父親ですよ。それも、そろそろ孫を持とうかという年齢だ。似たような扱いは受けています。父親というのは多かれ少なかれ家族から浮き上がるものらしい」

盛り上がる音楽の合間に、かちゃーん、きーんと刀を打ち交わす効果音。TVドラマの方も、立ちまわりの真っ最中である。

「だから、お父さんにもわかってほしいんです。確かにお母さんにも、僕ら兄妹や子供たちにも、お父さんをないがしろにして来た部分はあったかもしれない。しかし、お父さんから家族はいないと思われることは、僕らにとってひどくつらいことです」

「…………」

「いや、妹夫婦や甥たちのことは、正直いって僕にもわからない。けれど、少なくとも、僕にとっては耐えられない」

沈黙。

TVの中で、天下の副将軍がおごそかに言った。

「もう、このへんでいいでしょう」

夜になって、雨がぱらつき出した。

二階の星の間からは、TVの音が漏れ聞こえるばかりで、ひっそりとしている。

「お嬢ちゃんは商売上手だよな。さすがはおかみさんの血筋だよ」

源五郎は感心したように言った。

言うだけのことを言い終えて、ぎこちない空気が漂うなか、なるみは蝗沢先生の耳もとでそっと提案したのである。

今夜だけは、お泊まりになって行かれたらどうですか。お父さまとご一緒に。

意外にも、蝗沢先生はなるみの案を受け入れた。星の間氏も拒まなかった。

蝗沢親子はせみのゆで入浴を済ませたのち、星の間で水入らずの夕食を摂った。すでになるみは食器を下げ、蒲団をもうひと組用意して、おやすみなさいの挨拶も済ませてきた。

「このあと、あの二人、仲直りしてうまくやって行くと思う?」

源五郎は声をひそめて天井を指差した。

「なにも話さないんだぜ。めしのときも、TVをつけっぱなしにしていただけだ」

「それでいいんだ」

天藤が言った。

「おまえが心配することはない」

「家族というのも、あればあったで苦労が絶えないものなんだな」

源五郎が大人びた溜息をつく。なるみは言った。

「だから逃げ場所に、ひかげ旅館が必要だったんじゃない?」

源五郎は眼をまるくした。天藤も、まじまじとなるみを見ている。

「……どうかした?」

次の瞬間、源五郎が笑いはじめた。

「面白えな、お嬢ちゃん、おかみさんと同じことを言っているよ」

天藤が口もとをゆるめた。

（笑った）

「さすがです。お嬢さん」

「あ」

なにを思い出したのか、源五郎が部屋を飛び出していった。だだだだだ、と階段を駆け上がっていく。

「お客さんがいるとき、家の中を走るなといつも言っているのに」

天藤が立って、大きく窓を開けた。ひんやりした空気と雨の匂いが流れ込んで来る。

「明日からはまた雨のようですね」

「天藤さん」

なるみは胸のうちに固まっていた思いを口に出した。

「わたし、東京へ帰ります。でも、すべてを片づけたら、また、ここへ戻って来てもいいですか」

（言ってしまった）

なるみの心臓が大きく脈打った。

「もちろんです」

半分ほどまで窓を閉め、天藤が振り向いた。

「自称コンサルタントの秋庭さんの言葉は、正しいこともありました。ここには、おかみさんが必要です」

「お手伝いさせてくれますか」

「このひかげ旅館の持ち主は、お嬢さん、あなたなんです」

どどどどど。源五郎が階段を転がるように下りて来た。背中になにか隠している。

「お嬢ちゃん、花は好きかい？」

なるみは戸惑いつつ、頷いた。

「ええ」

「でも、しおれた花は嫌いだよな？」

ぐちゃぐちゃの新聞包みをなるみに差し出す。

「すっかり忘れていた。せみのゆから花を預かっていたんだ」

「お花？」

新聞紙の中身は青いあじさいだった。なるほど、だいぶしおれている。

「いただいたの、いつ？」

「昨日」

なるみは帳場兼応接室を出て、土間に下りて台所に行った。隅に置かれた掃除用のバケツに水を汲み、しおれたあじさいの束をつけ込む。

（元気になってくれるといいけれど）

明日になったら、せみのゆさんにお礼を言おう。思いつつ暖簾を分ける。吹き抜けの先、二階の廊下越しに星の間の引戸が見える。あの中で、蝗沢親子はどんな思いを抱えながら向き合っているのだろうか。

源五郎の言うとおりだ。家族というのも、あればあったで苦労が絶えない。

でも、なにかうまくいかないことがあったら、星の間氏はまたひかげ旅館へ来ればいい。

（そう、お父さんはきっと、お客さんたちみんなに言っていたに違いないんだもの）


——つらいことがあるのなら、いつでもひかげ旅館へいらっしゃい、って。


帳場兼居間に戻ると、源五郎がにこにこと言った。

「九時からＴＶで面白そうな映画がやるんだ。観るよね？」

なるみは微笑して、源五郎の隣りに座った。

「テンドーはよく泣くんだよ。おかみさんもそうだったけどさ。悲しくもない映画でも泣く」

「意外ですね」

「そうですか？」

天藤は言った。

「だいたい人間は、泣いてすっきりするようにできているんですよ」

その言葉に応じるように、ふんわりした風が窓から吹き込んだ。
風は、なるみの頬をそっと撫でた。

本書は書き下ろし作品です。

ひかげ旅館《りょかん》へいらっしゃい

二〇一四年六月二十日　印刷
二〇一四年六月二十五日　発行

著者　加《か》藤《とう》元《げん》

発行者　早川浩
発行所　株式会社　早川書房
郵便番号　一〇一・〇〇四六
東京都千代田区神田多町二ノ二
電話　〇三・三二五二・三一一一（大代表）
振替　〇〇一六〇・三・四七七九九
http://www.hayakawa-online.co.jp
定価はカバーに表示してあります

印刷・信毎書籍印刷株式会社　製本・大口製本印刷株式会社
ISBN978-4-15-209462-9 C0093

早川書房の単行本

バージンパンケーキ国分寺

雪舟えま

46判並製

女子高生のみほは、幼馴染の男子が、親友の女子と付き合い始めたことにもやもやした想いを抱く。そんな時、不思議なパンケーキ屋さんに出逢う。店主のまぶさんが魔法のように作り出すパンケーキを食べ、みほはある決意をかため……。温かなパンケーキ小説。